♥パレット文庫

桑港《シスコ》少年《ボーイズ》休暇《バケーション》

秀麗学院高校物語 14

七海花音

小学館

主な登場人物

▲花月《かげつ》那智《なち》

涼のクラスメートで学年副頭取。踊りの家元の跡《あと》取《と》り。怪我《けが》も治り、涼や悠里たちと共にアメリカのサマー・スクールへ…。

▲不破《ふわ》 涼《りょう》

高2。学年最高頭取。独《ひと》り暮らしで、夜はクラブで働いている。度重なる苦難を乗り越えて、やっと憧《あこが》れのアメリカへ……。

▲桜井《さくらい》悠里《ゆうり》

涼のクラスメート。裕福な家庭で幸せいっぱいに育った。その明るさが、涼の心の支えになっている。

▲ジョゼフ・レノックス

アメリカのグレイス校のサマー・スクールで、リーダーとして涼たちを迎えてくれた。

▲パトリック・ジャクソン

通称P・J。涼たちが、サン・フランシスコのツイン・ピークスの丘で出会った高校生。

イラスト／おおや和美

もくじ

～これまでのお話『砂時計の少年たち』から～

東京屈指の名門校、秀麗《しゅうれい》学院に通う不破涼《ふわりょう》は天涯孤独の身の上だ。学院には極秘で高級会員制クラブで働きながら独《ひと》り暮《ぐ》らしの生活を支えていた。そんな涼の夢は秀麗アメリカ校へのサマー・スクールに参加することだった。費用は三週間で約四十万円。涼は必死に働きお金を作っていたが、仕事場のナイト・クラブで得意先の客につきまとわれ、やむなく一旦休職するはめになる。しかし夢を諦《あきら》めない涼は、次は道路工事の仕事に精を出す。以前まとまった貯金があったが、それは世話になった伯父《おじ》に貸してしまってもう手元にはない。そしてようやく三十万ほどのお金ができ、あともう一息という時に、町の食堂で高校生のグループに絡《から》まれてしまう。一方的に喧嘩《けんか》をふっかけられたにも拘《かかわ》らず、涼は彼らが割った店の窓ガラスを弁償するはめになる。その代金がなんと三十万円！　この時、涼はアメリカ行きを諦めてしまう。しかし、出発の当日、親友の花月《かげつ》、悠里《ゆうり》、森下《もりした》、来夏《らいか》先輩、そしていつも涼を可愛がってくれる画廊のオーナー田崎《たさき》が現れると、みんなが涼を飛行場へと引っ張って行った…。

秀麗学院高校物語 14

桑港少年休暇《シスコボーイズバケーション》

翼《つばさ》が生え
心はひたすら東へと羽ばたき始める
雲を突き抜け、夜を駆《か》け抜け、日付変更線を越え
太平洋はひとっ飛び
いつのまにか朝が来て
夢と現実の区別もつかなくなる
高校二年の八月

この夏が始まる　～Our vacation starts～

何か一言でもしゃべると、とたんに涙が零《こぼ》れそうになるので、俺はさっきから極力黙っている。

それにしても、これほどまで青い空というものが、この世に存在したなんて…。

あまりに眩《まぶ》しすぎて、じっと見つめるなんてできない。

見つめたとたん、目が眩《くら》んでしまう。それほどまでに、鮮やかな色だった。

これがカリフォルニアの空なのか。

JAL002便で新東京国際空港（成田《なりた》）を発《た》ったのが、八月四日の午後六時。

約八時間半のフライトを経て、到着した先はアメリカのサン・フランシスコだ。

時間は逆戻りし、現地《ここ》は、再び八月四日の午前十一時過ぎである。

こんな不思議なことってない。八月四日が二日もある。

俺、不破涼《ふわりょう》は、東京屈指の名門校――秀麗《しゅうれい》学院の生徒たちと、その兄弟校であるグレイス校に向かっているところであった。サン・フランシスコ国際空港から大型バスに乗り込み、今まさに本物のアメリカのフリーウェイを走っている。

あまりの感動と感激、加えて感謝の気持ちに打ち震えてしまう。

だって、こんな日が来るとは思わなかった。

それは俺の隣《となり》に座る、クラス・メートの森下葉《もりしたよう》も同様だった。彼も空港を出たとたん、いきなり言葉を失っていた。そして俺と同じく、バスの中から窓の外をじいっと見つめ、黙りこくっている。この森下も俺も、これからなんと三週間も（！）夢のまた夢の夢の夢であった、アメリカのサマー・スクールに参加するのである。

「ふ…不破くん…僕、なんか泣いちゃいそうだよ。これって夢じゃないよね？」

その窓際の森下が、いきなりくるりと俺の方へ向き直ると、真剣な顔で訊《き》いてくる。

「そうだ、あのさ、僕の頰《ほお》、思い切りつねってくれる？」

森下のヘイゼルナッツ色の瞳が、窓から差し込む太陽光線に反射してコバルト色に映る。

森下は四分の一だけ、アメリカ人の血に恵まれていた。父親がサン・フランシスコの日系三世で、その森下の父方のお祖母《ばあ》ちゃんがアメリカ人だったので、この同級生の瞳は、時折日本人にはない美しい光を放ってしまう。しかしその優しかった父親は、残念なことに、森下が七歳の時、病気のため、日本で亡《な》くなってしまった。それ以降、苦労しながら母子二人で頑張って生きてきた、俺と同じく、秀麗学院高校二年の特待生である。

毎学期、学年三位以内の成績を目指し、奨学金をもらっている苦学生だ。

「不破くん、遠慮しないでいいよ。怒らないから思い切り、ぎゅーっとやっちゃって」

そんな…ぎゅーっと、って言っても、もしかしてこれが本当にすべて夢だったらどうするつもりだ。今走っているこの、片側なんと四車線もあるフリーウェイも、俺らのバスの隣をビュンビュン飛ばして走っていくキャデラックもリンカーンもムスタングもみんなみんな一瞬にして消えてしまったらどうするんだ。

そして目が覚《さ》めると、俺も――あの超老朽化《ろうきゅうか》した、狭苦しくて蒸し暑い、独《ひと》り暮らしのアパートで、愛猫のキチと昏々《こんこん》と眠っていたら、どうしたらいいんだ。

これが夢なら夢で、そうなのだったら、もっと見続けていた方がいいと思う。

だって、こんなに鮮やかな景色って、夢でもそうそう見られるもんじゃない。

「どうしたの不破くん。遠慮しなくていいって言ってるだろ？　ほら、とにかく、ぎゅっと思い切りつねってよ。何だったら、ひっぱたいてもいいよ」

森下が矢庭に俺の右手を取り、それを自分の頬へと持ってゆく。

「だけど森下、よく考えてみろよ。これが本当に夢だったらどうするんだ。夢が覚めてがっかりするより、今この夢を静かに見ている方が遥《はる》かに得だと思わないか？」

俺がそう言うと、森下もハッと気がついたように、深く頷《うなず》く。

そしてすぐ自分の頬に当てていた俺の右手を離す。ようやく納得したようだ。

しかしここからが大変だった――。

「ああもう、二人ともじれったいですねっ。これは夢なんかじゃないですよっ。正真正銘、現実の世界のことなのです。まったくしようがないですねえ…。では不束《ふつつか》ながらこの私が、これが夢じゃないということを、篤《とく》と教えて差し上げましょうっ」

あっ…イヤな予感がする…。

ひとつ後ろの席から怪しげな声が響いてくると思ったら…その声の主がさっと俺らの席へと回り込み、もう次の瞬間には俺の膝《ひざ》の上になだれ込み、いきなり抱きついてきた。

ぎゅうー。

「なっ…なんでだっ…か…花月《かげつ》っ…く…苦しいっ…だっ…だめだって…言ってるの…に…どう…して…いつも…そうやって…う…」

こんな狭い場所で。いや…スペースがあれば許《ゆる》すってことでもないのだが…。

バスの中、いきなり俺に抱きついて離れないのは、同じく秀麗学院高校二年、クラスも同じ、泣くコも黙る同学院『陰《かげ》の仕事人』、花月那智《なち》であった。

その闇《やみ》の力は無限大で、学院の上級生でさえ彼にはいつも、頭を下げて挨拶《あいさつ》している。

家は有名な踊りの家元で、自らも踊りを習っている。将来を嘱望されている若き舞踊家だ。

ぱっと見は、品が良くて、雅《みやび》で、漆黒《しっこく》の長髪が本当に美しくて、その上、言葉遣《づか》いも丁寧《ていねい》で、しかしそれは表向きのこと。それに騙《だま》されると、大変なことになる。

彼はあらゆる武道に精通してて、負け知らずの人間だった。もし負けるとわかってても戦いを挑《いど》んで行く、懲《こ》りないタイプで、怖いくらいに捨て身である。

しかしその花月の捨て身のお陰で、俺は今まで幾度、危ないところを助けてもらったか…。

ああ…もう本当に数えると、切りがない…。

花月…ありがとう…って、こんな状態で、感謝してもしようがないのだが…。

とにかく花月、お前には本当にいつも心から感謝しているが、こんな毒にも薬にもならない行動に走るのは、どうかと思う…。あ…もう息が…でき…ない…。

「ふ…不破くん…不破くんが今、こんなに苦しがってるっていうのは、これが夢じゃないっていう何よりの証拠《しょうこ》だよねっ。僕ら本当に本当にアメリカに来たんだよねっ」

違う…森下…今、そういうことじゃないだろ？　なぜ隣人の非常事態が認識できない？

助けよう、とかそういうことは、考えないのか？

先月一緒に道路工事のバイトをして、汗水流してきた仲間だったのに…。

「ひゃあー、なっちゃん、何やってるのっ！　僕が時差で頭がぼーっとして、ちょっと居眠りしてたと思ったら、また涼ちゃんの美少年パワーをほしいままに吸い取って！　まったく、油断もすきもないねっ」

あっ…ようやく助けてくれそうな人の声がする…。その友人はやはり俺の後ろの席から現れると、俺から花月を引き離そうと躍起になってくれる。

ところで『なっちゃん』というのは、花月のことだ。花月那智の那智からきた呼び名である。しかし、その可愛《かわい》らしい呼び名からは想像できない、妙なパワーに溢《あふ》れている人だ。

「なっちゃんっ、ここが自由の国、アメリカだからって、何でも許《ゆる》されると思ったら大間違いだよっ」

ああ…そうなのか…よかった…俺…本当、本当に、アメリカに来たみたいだ…。

夢じゃないんだ…だって、こんなに苦しいのに、夢から覚めない…。

「とにかくもう思う存分、なっちゃんは涼ちゃんへの愛を表現し尽くしたと思うし、それは涼ちゃんもわかっているから、お願いっ、もう自由にしてあげてっ！」

あっ…俺を助けようとしている人が、ちょっと涙声になっている…これは…マズい…。

「ハッ…ゆ…悠里《ゆうり》…、この私、ちょっとハイ・テンション過ぎましたねっ。だって、この前の席にいる若い二人の初々《ういうい》しい会話を聞いていたら、つい私、いじらしくなってしまって…。気がつくとこんな度を越したスキンシップに身を委《ゆだ》ねてました…この花月、うっかりしてましたね♥」

うっかり、とかそういうことじゃないと思うのだが、とにかく花月がようやく、俺から離れてくれる…。ああ…呼吸が楽だ。えっ？　でも、若い二人って、俺と森下のことか？

俺らみんな同級生なのに…花月は自分がものすごい大人のつもりでいるんだな。

本当は自分こそ手がつけられないほど子供のくせに…俺は知っているぞ。

「なっちゃんはいつも、口先しか反省しないいんだからっ。涼ちゃんに関しては、どうしたって学習しないいつもりだねっ？」

悠里…よくぞ言ってくれた…。でも悠里がこれだけ語るってことは、悠里も花月同様、かなりハイ・テンションなのだろう…。

「そんなことより涼ちゃんっ、大丈夫《だいじょうぶ》だったっ？　僕がグー・パーで涼ちゃんと別々の席になったのが敗因だったね…。僕、バスに乗る前に、もっと命をかけて、ジャンケンをするべきだったよ。僕もまだまだ詰めが甘いね」

どうしてそんなことに命をかけるのかよくわからないが、桜井《さくらい》悠里が真ん丸の真っ茶色の目で、真剣に俺の安否《あんぴ》を確かめている…。

この同級生の髪はふわふわの真っ茶色。肌《はだ》が透き通るように白く、体は華奢《きゃしゃ》だ。顔はそこいらにいる女のコよりよっぽど可愛いのでクラスの人気者だ。しかし気は強い（と思う）。

しかし性格は極めて明るく、気持ちは優しい。ただ、思い込むと一途《いちず》なので、よく気をつけて見ていないと何をしでかすかわからない――実は、花月同様相当な危険分子でもある。

小学校五年から中学三年まで、俺はこの悠里と同じ学校に通った。そして高校も一緒に入学し、いわゆる悠里は俺の幼なじみのようなものである。

しかしもうこの頃は幼なじみと言うよりも、家族のようになってしまった。性格も境遇も俺とは一八〇度違うが、なぜかとても気が合う。

何だかんだ言いながら、実は花月もそうである。今や花月は俺の身内同然だ。そして悠里も花月とは怖いくらいに気が合っている。

しかしその花月は今、悠里によって再び後ろの席に押し込まれていた。

しかしフフフ…♥…という不敵な笑い声が、引き続き俺の背後から聞こえてくるということは、やはり反省はしてないみたいだ。

秀麗に入学してから、早一年と四カ月。俺ら三人は、いつだって一緒だった。一緒に泣いて、一緒に怒って、一緒に笑って…。俺はつくづく、自分はこの二人に出逢《であ》ったことで、幸せな毎日を送れるようになったと、気づいてしまう。

彼らは俺に、明るさと元気を与え続けてくれるのだ。

今、隣に座る森下もそうだった。森下とは二年になってから仲良くなったが、苦労しながらも頑張り続ける彼の明るさは、俺を前向きな気持ちにしてくれる。

みんな掛け替えのない俺の友人たちだ――。

「えへへ～、でもよかったね、涼ちゃん、念願のサマー・スクールに参加できて♡」

あっ…いつの間にか悠里が、俺と森下の間にぎゅうぎゅう割り込んで座っている。

いくら体が細いとはいえ、かなり強引だ。しかし幼なじみはもう満面の笑みである。

「うん、本当によかった…悠里や花月、それに森下や来夏《らいか》先輩…田崎《たさき》のお父さん…。みんなのお陰だよ…」

思い出すとまた、胸がいっぱいになり涙が溢れそうになる。

そうなんだ。さっき俺に頬をつねってくれと頼んだ、母親と二人暮らしの森下が苦学生だとしたら、実はこの俺は赤貧洗《せきひんあら》うがごとしの超絶苦学生で、本当だったら、どう逆立ちしたって、こんな優雅にアメリカ短期留学だなんてできない身の上であった。

だって俺にはもう肉親がいないから。母親は私生児として俺を生み、育ててくれたが、つまらない風邪《かぜ》をこじらせ、肺炎を併発するとあっけなく逝《い》ってしまった。

俺が小学校五年になった春のことだ。そして生まれた時から父親の存在はわからない。生きているのか死んでいるのかも教えてくれないまま、母さんは旅立ってしまった。

それから俺は、母の異母兄である伯父《おじ》に引き取られ、そこの家業である牛乳屋さんを手伝いながら、中三までそこの家に住まわせてもらっていた。しかしいつまでも、親戚《しんせき》の家にやっかいになるわけにもいかず、高校進学と同時に、俺は独り暮らしを始めることになった。

生活費はもちろん、自分で稼がないといけない。ゆえに学院には極秘で、放課後、東京の繁華街の会員制高級ナイト・クラブで働かせてもらっている。

その仕事が今の俺の生活を救ってくれている。年をごまかしているのをわかっていながら、目をつぶって雇《やと》ってくれたお店のママには本当に感謝している。

そんな俺だが秀麗では現在特待生で、入学金も授業料も免除してもらっている。しかし特待生であり続けるためには、毎学期の成績が学年三番以内に入ってないと、奨学金はもらえない。ゆえに仕事に勉強にと非常に忙しい毎日である。

しかし先学期は勉強どころじゃなかった——。

暇《ひま》さえあれば働いて働いて…試験中でさえ働きに出て、稼いでいた。

とにかくこのアメリカへのサマー・スクールに参加したくって…。その費用、約四十万円をどうにかして作ろうと、放課後は深夜まで、休みの日は朝から晩まで、道路工事や、マンション建設の土木作業で肉体を酷使していた。

実を言うと、俺には少し前まで貯金があったのだが、世話になった伯父さんの家に、次々と大変なことが重なり、それを全額貸してしまっていた。そして貯金は底をついてしまったが、それでもとにかく頑張ればサマー・スクールの四十万くらい作れると、俺は無茶をして働き過ぎて、とうとう学年一位から転がり落ちてしまった。

この秀麗学院兄弟校への短期留学は、それほどまでに俺の夢だった。どんなことがあっても、諦《あきら》めるなんてできなかった。だって、もうこんなチャンス二度とないと思ったから。

アメリカの高校に行けるだなんて、高校生のうちしかできないことだ。

大人になり、どれだけ生活が豊かになっても、その時はもう遅い——。

そして頑張って三十万ほど稼いだ時に、あろうことか俺は町の牛丼屋《ぎゅうどん》さんで見ず知らずの高校生に絡《から》まれてしまった。俺はまったく悪くないのに――彼らは店の窓ガラスを粉々に割り、逃げたので、店に残った俺がそれを弁償するはめになってしまった。

払わないと学院に通報する、と店主が脅《おど》してきたのだ。

俺に非がなくとも、俺の言い分を学院側が信じてくれるか自信がなかった。だって俺は、それまでも色々と問題を抱えていて、いつ退学になってもおかしくない境遇にあったからだ。

夜の仕事をしていること。

独り暮らしをしていること。

これらが学院にばれたら、俺は即刻退学になる。もう秀麗にはいられない。

揉《も》め事《ごと》は一切ごめんだった。お金で解決できるなら、そうしてしまおうと思った。

そしてせっかく稼いだお金――三十万――もとうとう消えてしまった。

それが先月七月の半ば。アメリカ行きはもうその瞬間に断念していた。

だって行けるわけがないんだ。もう費用を稼ぐ時間は残されていなかったし、その気力も失《う》せていた。

そして…期末テストの成績が落ちたから…この夏は勉強をすると言い訳をして、サマー・スクールの不参加を友人たちに告げた。お金がなくなったことは誰にも知られたくなかった。

そんな理由でわかってもらえるとは思っていなかったけど、俺の周りの友達はもう何も言えなくなっていた。言っても俺の決心が固いのがわかっていたからだろう。

なのに、その出発の日に花月と悠里、悠里の兄さんの遥《はるか》さん、それに森下、秀麗の二年先輩である烏丸《からすま》来夏さん、そして、俺のことを本当の息子《むすこ》みたいに可愛がってくれる、銀座《ぎんざ》の画廊のオーナー田崎社長が、突然俺のアパートに現れて、みんなでお金を出し合うと、俺を空港まで連れて行ったんだ…。

それって…すごく遠い昔のように感じるけど…たった半日前…いや今日のことなんだ。

二日もある八月四日に、奇跡みたいなことが起こってしまった。

この日は俺にとって、生涯、忘れられない日となるであろう。

それからみんなで急いで成田に向かうと、一年の時の担任の黒田《くろだ》先生も喜んでくれて――俺はいきなりサマー・スクールに参加することになったのに、先生は困った顔ひとつせず、すぐに手続きを取ってくれて。

「よかったなあ、不破…先生、嬉《うれ》しいよ」って何度も何度も言ってくれて。

俺も頭の中がガンガンしてくるくらい、嬉しかった。

泣かないようにするのにとにかく必死だった。

「よかったね、不破くん…僕ら、本当に本当にアメリカに来ちゃったんだね…」

窓際の森下が、改めてしみじみと呟《つぶや》いていた。

「森下…本当にありがとう…俺のこと、迎えに来てくれて…」

出発の午後、アパートに飛び込んできてくれた、友人たちの顔を再び思い出していた。

そんな俺に森下はにこっと笑ってくれた。

「それに、悠里…本当にありがとう。俺、今もまだ夢の中にいるみたいだよ」

ぎゅうぎゅう詰めになりながらも俺の隣に座る幼なじみに、改めてお礼を言った。

「夢なんかじゃないよ。これから三週間、涼ちゃんはきっともっと素晴らしいことを経験するよ。最高の夏休みにしようね」

悠里は長い睫毛《まつげ》の瞳をぱっちりと見開いて、そう言った。

「本当に夢みたいです…。私は今まで夏にどこかに出かけて、夏らしいことをした想い出がありませんでしたから、この夏は私にとっても、すごく意味のある夏になりそうです」

あっ…花月がいつのまにか、俺の隣の補助椅子《いす》に座っている…。

「そ…そうだよな…花月はいつも夏は、踊りの稽古《けいこ》で忙しいもんな…。秋には色々な舞台が目白押しだし」

「不破のお陰です…。踊り手はいつも稽古ばかりをしていなければ上達しないということではないのです。もっと広い世界を見て、大勢の人と出会って、心を触れ合わせてゆくことが、踊りの幅を広げてゆくのだと、この頃強く感じるようになったのです。それはすべて、あなたが教えてくれたことですよ…」

真面目《まじめ》な顔でしんみりとそんなことを言う。

「そんなことより、花月、本当にありがとう…。結局、俺、花月らに置いていかれるのが、一番悲しかったんだ…。アメリカに行けないってことは、もちろん相当なショックだったけど、今思うと、一番悲しかったのは、花月たちと別々の夏を過ごすことだったと思う…」

俺は素直な気持ちをしゃべっていた。

「そんなことを言って頂《いただ》けるなんて…この私は幸せものですね…」

「違うよ、幸せなのはこの俺だよ。ここまでしてもらって…ホント…どう感謝していいのか、わからないくらい、感謝してる…」

俺…こんなに幸せでいいのだろうか…。

成田を飛び立った時から、ずっと考えていた。

「いいえ、不破っ。幸せなのはこの私ですっ。不破に出逢ったことが、この私の人生最大の幸運でしたっ」

あっ…また花月のテンションが上がっている…。

すると突然、俺らの前に人影ができて――。

「あー、はいはい。そこまで。那智くんの幸せはよーくわかったから、取り敢《あ》えず、補助椅子はもうやめて自分の席に戻りなさい。急ブレーキがかかって、那智くんだけ椅子から飛び出して、怪我《けが》でもしたらどうするの。それでまた、不要な出血をして、血が足りなくなって

も、先生はゼッタイ、そーゆー場合、輸血には協力しないからね。それ、つい先学期も言ったよね？」

花月と同じAB型の血液を持つ、俺ら二Gの担任、鹿内《しかうち》先生が通路に立っていた。鹿内先生も黒田先生同様、今年のサマー・スクールの引率係である。

「いいです。そしたら私は、優秀なアメリカ人のAB型の血を輸血してもらって、身も心もアメリカンになってみせます。アメリカにAB型は少なくないですから。今や大船《おおぶね》に乗った気持ちです」

「那智くん…相変わらずまったく懲《こ》りてないみたいだね…。先生は先行きちょっと不安だよ。将来、花月の家を背負って立つ踊り手になるハズだよね。身も心もアメリカンになったら、日本舞踊という我が国の伝統芸能はいったいどうなってしまうんだろうね」

「大丈夫です。この私と不破がいれば、今年のサマー・スクールは大成功のうちに、幕を下ろすでしょう」

「だから…那智くん…先生は今、そういうことを話してるんじゃないよね」

「わかってます。先生がおっしゃりたいのは、『加速度運動と慣性力』のことです。このバスが何らかの事情で急停止して、そのためシート・ベルトをつけない補助椅子の私が、通路に飛び出してしまったらどうなるのかということです。しかし、ご安心下さい。『慣性の法則』では確かに、物体に力が働かないか、あるいは物体に働く力がつり合っていれば、運動している物体は同じ速度でいつまでも等速直線運動を続けますが、このバスの中には、通路という摩擦を起こす物体があり、それが私という滑走体をどうにか止めてくれるのです。少々の怪我はするかもしれませんが、席から飛び出して転がっていくほど、私は子供じゃありませんから」

うわ…物理の先生に向かって、講義を始めたか…。

しかもどこかで主旨が全然違ってしまっている。

「那智くん…たぶん今、時差で少しテンションが高くなっているんだとは思うけど、そういうことじゃないよ…。しつこいよーだけど…。でも、ま、不破くんが来てくれて、相当嬉しいってことを表したかったんだね…。先生にはわかるよ。不破くんがいると、那智くんは本当に頭がグルグル回りだすし、目は生き生きしてくるし…。取り敢えずよかったね。不破くんに来てもらって…」

えっ…そういう話じゃなかったはずなのに…。

「よかったです。この花月、ハイパー・ウルトラ幸せですっ」

あ…ハンカチを目頭《めがしら》にあててたりして…花月…また演技に入っているのか…。

「先生っ、僕もハイパー・ウルトラ・超絶幸せですっ」

あっ…悠里まで、発言しているっ。しかも『超絶』までつけて。

「あの…鹿内先生、俺、急に参加させてもらうことになって、すみませんでした。色々とお手数かけると思いますが、三週間、どうぞよろしくお願いします」

俺は改めて、担任に頭を下げていた。

「ふう…悠ちゃんはよしとしても、那智くんに…不破くんの十分の一くらいの生真面目さがあるといいんだけどね…。あ、でもそうなったら、那智くんが那智くんでなくなるか…じゃ、いいか…」

鹿内先生はため息をつきながら、その実、目だけは笑っている。

「とにかくみんな、これから三週間、楽しく、元気に過ごそうな。不破頭取も参加してくれたことだし、よかったな。困ったことがあったら、頭取に相談しろよ。たぶん先生より不破の方が数段英語が上手《うま》いしな。そしてみんなでたくさんいい想い出を作ろうな？」

先生が言ったとたん、五十数名を乗せた高二生のバスの中に拍手が沸き起こった。

俺も花月も悠里も森下も、四人で頷き合うと、やはり大きな拍手を送っていた。

夢のような夏がやって来た。

窓の外を見上げると——やはり空は果てしなくどこまでも突き抜けるように青かった。

幸せ過ぎて、少し怖い気がした。

ようこそサン・フランシスコへ
〜Welcome to San Francisco〜

サン・フランシスコ国際空港を出て、フリーウェイをしばらく走ると、バスは小高い丘を上り始めた。そして到着した先がツイン・ピークスという丘である。その名の通り、頂きが二つある。サン・フランシスコがすべて見下ろせる、市内で最も展望の良い場所だった。

「ひゃーっ。あの赤い吊り橋が、ゴールデン・ゲート・ブリッジだね〜。本物だよ〜。すごいねーっ。涼ちゃんちにある版画とまったく同じ景色だよーっ」

冷たい風の吹きすさぶ丘の上、悠里が遠くに輝く金門橋を指さした。

秀麗学院高等部・中等部——今年のサマー・スクール希望者約百七十名は、その兄弟校のグレイス校へと向かう途中で、市内観光に連れて行ってもらっていた。

「そうか…。あれがサン・フランシスコ湾《わん》だ…。それであの湾の中に小さくぽつっと見える島が、昔、連邦刑務所のあった監獄の島、アルカトラズ島だな。昔、マフィアの帝王アル・カポネがあそこに囚《とら》われてたんだ…。映画でも見たことがある。

それで、右手の銀の大きな橋が、ベイ・ブリッジだ…。あれって一九八八年に瀬戸《せと》大橋ができるまでは、世界最長の吊り橋だったんだよな…。あっ、悠里、花月、森下っ、あそこのビル群がダウンタウン（市内中心街）だろっ？　あっ、ダウンタウンの中に見える三角ビルが、たぶんトランス・アメリカ・ピラミッドだ！　あれって四十八階建てで、サン・フランシスコ一の高さを誇る摩天楼《まてんろう》なんだよな…。すごいよなあ…これみんな本物なんだ…」

しかし、俺の感激をよそに、友人三人はいきなり無言になっている。丘から見える素晴らしい景色はどうでもいいのか、遠い目でじーっと俺を見つめていた。

「なっ…何…みんな、どうかしたのか…？　時差で疲れが出たのか？」

「不破…あなたはまた、勉強し尽くしてきましたね…。いったい何冊のガイドブック、あるいは資料等に目を通してきたんですか…」

花月が心配そうな顔で俺に言う。

「ちっ…違う…そうじゃなくって、俺はただ…去年からずっと…サン・フランシスコに行きたかったから、つい、色々、読んだり、見たりして…それで図書館に通ったりして…」

「ふう…いいんですよ…それで…。この花月、またまたあなたに感激です。本当につくづく、不破は勉強家なんですね。美少年なのに常に何かを探求し、博識であろうとするその生活態度は誰にも真似《まね》できるものじゃありません…。涼ちゃんのお肌《はだ》はこんなに肌理《きめ》が細かくて、つるつるだけど、でもきっと、大脳にはアインシュタインも真っ青な細やかなシワが刻まれてるんでしょうね」

「でもなっちゃん、今このサン・フランシスコ一の高台で、また涼ちゃんにぎゅーっとしたら、僕、許さないよ。なっちゃんが今、これだけ感激してるってことは、またさっきのバスの中みたいな事態に発展する危険性も極めて高いってことだよね？」

「悠里…私はこう見えても、結構学習する男なのですよ…。外国まで来て、モラルから逸脱《いつだつ》した行動を取るのは、日本の恥だと思ってます。先程はバスの中でしたから、無礼講だと思っただけなのに…。つくづく私は信用されてないのですね…ぐす…」

「ハッ…な、なっちゃんっ、ごめんねっ。僕、言い過ぎたよっ。だって僕、さっきちょっと羨《うらや》ましかったんだっ。あれだけ人目も憚《はばか》らず、涼ちゃんを一人で堪能することができるだなんて、この広い宇宙の中、なっちゃんと神にしか許されないことだよっ。僕、なっちゃんのそういう『人生エヴリデー・エヴリタイム無礼講』みたいな生き方、実はすっごく憧《あこが》れてるんだっ。嘘《うそ》じゃないよっ」

あっ、そうだ…俺、今日は単語帳持って来てたんだ。少し新しい単語を覚えておこうか…。せっかくアメリカに来たんだ。えっとperplexed《パープレクスド》…『困った』あるいは『途方にくれた』か、受け身の過去分子形が今や形容詞のように使われている…。うん…よし…わかった。えっとそれで、次は…ignore《イグノア》あるいはdisregard《ディスリガード》…『無視する』で他動詞…。ということは直接目的語が必要だな…。第三文型で使えばいいか…。

「あっ、あの…不破くん…どうしたのっ…も、もう二学期の予習に入ってるのっ…？　僕も単語帳とか持ってくれればよかった。あ…あと参考書とかも…。そ、そうだよね…僕らみたいに奨学金に命かけてる人間は、やっぱりそのくらい必要だよねっ？　しまったな…」

「あ…ああ、森下…ち、違うんだ…そうじゃなくって…今ちょっと、ふっと一人の世界にいたくなって…」

「だめだよっ、涼ちゃんは一人になっちゃいけないんだよっ。ごめんね、ごめんね、僕、時差があるから、どうしてもついテンションが高くなっちゃうんだ。だから、なっちゃんとのトークもいつもよりハイ・レベルなものになっちゃってっ」

ハイ・レベル…？　ごめん、悠里…やっぱり言ってることがよくわからない…。

「とにかく不破、自分の世界に入り込まないで下さいね。えっと、さっきの続きを聞かせて下さい。あの赤い橋がゴールデン・ゲート・ブリッジで、湾の中にあるのが、アルカトラズ島。銀の吊り橋がベイ・ブリッジで、瀬戸大橋ができるまであれが世界最長だったんですよね。そしてあの三角ビルがトランス・アメリカ・ピラミッド。えっと、この機会にひとつご質問してもよろしいですか…？」

「えっ…な、何だ、花月…？」

「あのゴールデン・ゲートの手前に広がる、緑豊かな森林公園のようなところは何でしょうか…？」

「えっと…あそこはたぶんプレシディオだ。プレシディオっていうのは『要塞《ようさい》』とか『とりで』とかいう意味で、昔、あそこは南北戦争の頃、北軍の訓練所として使われてたんだ。第二次世界大戦中は軍の本部としても使われてた。でも今は、サン・フランシスコ市内で最も美しい森林となったんだ。松の木とかユーカリでいっぱいらしい」

ハッ…いけない、また一人でベラベラと！　ああ…でも俺、本当にこの町に来たかったんだな…初めて来た町なのに、初めての気がしない。ずっとずっと色々と調べてたもんな…。

これって本当に夢じゃないんだな…。写真や映画の中の眺《なが》めじゃないんだ…。

「そうですよ不破、これはすべて現実のことです。あなたの強い望みが、あなたをここへと招いたのですよ…」

あっ、またなぜ、花月は俺が思っていることをすべて読んでしまうんだっ。

「不破…これから三週間、よろしくお願いしますね。あなたがいると心強いです。ふふふ」

「あ…ああ…花月…俺こそ、よろしくな…」

「涼ちゃん、僕もよろしくね…。僕、色々と面倒かける男だけど、見捨てないでね」

「み…見捨てないよ、悠里…。俺こそこんな地味な男なのに、分不相応にもアメリカまで来てしまって…見捨てないでほしい…」

「あのさ、今気づいたけど、不破くんって、悠ちゃんと花月くんとつきあってるせいか、なんか話し方が独特になってきたね…味わい深いっていうか…趣《おもむき》があるっていうか…」

えっ…森下、それってどういう意味だ……俺は普通にしゃべってるのに…。

「それと前から常々思ってたけど、不破くんほど、見た目と心のギャップが激しい人も珍しいよねっていうか、もうそれはある意味芸術の域に達してるよ。歩く無形文化財ってカンジ？」

…………。

「あ…あのさ…ところで、みんな、ここ…すごく寒くないか…」

森下のコメントはさておき、俺は真夏の八月に秀麗の長袖ブレザーを着ているにも拘《かかわ》らず、歯がかちかち鳴るほど、震えてきた。ワイシャツが半袖だったのがまずかったかもしれない。サン・フランシスコは年間通して、暑くもならず寒くもならず、夏は極めて涼しく、どんなに暑くなってもせいぜい18度くらいまで。ジャケットさえ持っていれば大丈夫だと聞いていたが、とんでもなかった。寒すぎる…。

ここが風の吹きすさぶ高台だということもあるけれど。

「不破っ、震えてるじゃないですかっ。いけませんっ。さっ、これを着て下さいっ。風邪でもひいたら、どうするんですかっ！」

花月が自分の背負っているデイパックをガバッと開けると、黒のVネックのセーターを取り出して、すぐ俺に着させる。その間たったの三十秒。何て素早い対応なんだ…。ああ…でも生き返るようにあったかい…。花月…さっきは悪かった…俺、永遠にお前について行くよ…。

「ごめんね涼ちゃん、昨日《きのう》、っていうか今日だけど…、涼ちゃんは慌ててアパートを出発しなきゃいけなかったし、そんで荷造りもめちゃくちゃだったし…。セーターがいること、僕、言うのすっかり忘れてた。気がつかなくて、ごめんね」

それは悠里のせいじゃない。でもこの分だと、たぶん俺はセーター以外にも必要なものをもっともっと忘れてきただろうな…。だってサマー・スクールに行く予定のまったくなかった俺のところに、いきなりみんなが迎えに来て、出発を決めるまでが、たった二、三十分のことだったんだ。飛行機の搭乗手続きの時間が刻一刻と迫っていたし、荷造りは本当に適当にすませた。アパートの中、目についたものを手当たり次第、スーツ・ケースにほうり込んできたというカンジだ。だから何かものすごいものを、忘れてきたような気がする…。

あっ！　そう言えば辞書を持ってきてないっ！　あれが一番必要だったのに…。くぅ……。どうでもいい単語帳は握りしめてきたのに…。でも仕方がなかったか…。

「花月…じゃあ俺、このセーター少し、借りるな…ありがと…。あっ、でも花月は寒くないのか？」

「私はブレザーの下に長袖のワイシャツを着てますから、大丈夫です。しかもセーターを貸したということで、私は僭越《せんえつ》にも不破から感謝の気持ちの『愛』をお返しに頂いてますので、心はあったかです」

「いや…そうじゃなくって…感謝の気持ちの愛くらいだったら…いつでもお返しするけど、

寒くないのかって、そういうことを訊いてるんだ…」

「今や私の心は常夏《とこなつ》のハワイ。ワイキキのビーチで踊る『藤娘』の心境です」

そんな藤娘の舞台は、ちょっと違うんじゃないかと思う。

「とにかく涼ちゃん、よかったね、なっちゃんが用意周到な人で。もし他に必要なものがあったら、僕にも言って。お役にたちたいからっ」

お役に…たちたい…？　悠里は真剣な顔で言ってくれる。

「僕も準備万端整えてきたから、ほとんどのものは揃ってるよ。遠慮しないで何でも言って」

森下も親切に言ってくれる。

やはり俺、すごく幸せなんだな…いいんだろうか…こんなに幸せで…。

「ねっ、写真撮《と》ろうか、ここで。サン・フランシスコの町を背景にしてさ」

悠里の意見にみんなが笑顔になる。

そして、近くにいる秀麗の生徒にシャッターを切ってもらおうかと、見回すと――。

「(僕が写真を撮ってあげようか？)」

零れるような笑顔でやって来たのは、一人のアメリカ人の少年だった。

髪は鳶色《とびいろ》。瞳はハッとするほど鮮やかなアイス・グリーン――美しい氷の緑だ。

年は俺らと一緒くらいかもしれない。たぶん高校生。

スラリとした肢体に洗いざらしのジーンズがよく似合っている。

「涼ちゃんっ、通訳してっ！　お願いっ！　僕、わかんないからっ」

カメラを持った悠里が、慌てふためいてしまう。

税関を出て、いきなり現地のアメリカ人に声をかけられ、緊張している。

「大丈夫だよ、悠里、落ち着いて聴《き》けば、ちゃんと聴き取れるよ。写真、撮ろうかって言ってくれてるんだよ」

俺は悠里に教えてあげる。

「あっ…あのっ…（ありがとゴゼーマスっ。オニャガイしますっ。あなた、スッゴク、親切アルネ）」

あまりの緊張で発音と文法がぼろぼろになってはいるが…悠里、ちゃんとしゃべれるじゃないか。それでいいんだよ。元々、悠里は小さい時から、英会話学校に通っていたので、落ち着きさえすれば相手の言っていることは、だいたい理解できる。

花月は花月で、英語教育に定評のある秀麗に中等部から通っているので、やはり英会話は得意だ。しかもなんたって花月は今年のサマー・スクールの特別友好大使だ。秀麗の全生徒をまとめ、指揮する、学院が選んだ名誉ある代表生徒である。

高等部九百名いる中で、その大使になれるのはたったの五人。留学費用はすべてOB会が出してくれるが、この試験に合格するのは、並大抵のことではない。読み、書き、聴いて、しゃべれる。この四つの能力がずば抜けて秀《ひい》でて、初めて大使に選ばれる。

実は俺は去年、まぐれでその特別友好大使に選ばれてしまったのだが、二年先輩の烏丸来夏さんに、その権利を譲《ゆず》ったので、結局グレイス校には行かなかった。

しかしなんと今年は、その来夏さんと、今年の大使の花月が、俺の留学費用の三分の一ずつを出してくれたので、俺は今幸せにもこうしてここにいる。二人が、これは三人で勝ち取った大使の権利だと言ってくれて、俺を飛行場へと引っ張って行ったのだ…。

俺はそれが今もすごく嬉しくて…。それだけでもう、今年のサマー・スクールは、えらい価値のあるものになってしまったと思う。

「(じゃ、君たち、いい? 笑ってね。あ、そこの長い髪の綺麗《きれい》な彼、せっかくカッコいいんだから、睨《にら》まないでね…。3…2…1…はい、いくよ、チーズ)」

写真を撮り終わると、そのアメリカ人が、笑顔で悠里にカメラを返す。

カッコいいのに気取らない、すごく人好きのする少年だ。

「(君たち、日本から来たんでしょ?)」

彼は引き続き、にこにこ気さくに話しかけてくれる。しかし俺らはまだみんな、本物のアメリカ人に対し緊張しているのか、相変わらず寡黙《かもく》で、誰一人容易に口を開けない。

「あの…えっと… (俺らこれから三週間、サン・フランシスコの高校の夏期学校に参加するんです。実は今さっき、空港に着いたところで——)」

しどろもどろになりながらも俺がまず代表で、彼の質問に答えていた。

「(君、英語とても上手《うま》いね。前に、アメリカに来たことがあるの？　あ、それとも、暮らしたことがある、とか？)」

「(いっ、いいえっ、とんでもないです。そんなゴージャスな生活、俺にはできませんっ。英語は日本のラジオ講座で覚えたんです。あと、それと高校でもレッスンがあって。たまに家で、英会話のカセット・テープを聴いたりもします。それと最近、英会話学校にも通い始めましたっ)」

ハッ…しまった、俺はまたどうでもいいことを、知らない人にベラベラしゃべってしまっているっ…。ひょっとして俺も、ハイ・テンションなのかもしれない。この旅が嬉しくってしようがないんだな…。だからつい饒舌《じょうぜつ》になる。花月や悠里のことは言えないな…。

「(えっとご歓談中、失礼――実はこの彼は、努力の天才なんです。そして根性がありますので、その英語力は桁外《けたはず》れです。しかし彼は語学の才能があるだけでなく、物理、数学、化学に歴史、はては家庭科まで、オール・マイティーに極めております。唯一、彼がわからないのは、『女心』ぐらいのことでしょうか。ふふふ)」

ハッ…花月…何を突然流暢《りゅうちょう》につまらない会話をしているんだ…っ。

さっきまで貝のように口を閉じていたくせに。俺がらみのことになるととたんに語りだす。

「(君って真面目な顔で、おもしろいことを言うんだね…。この彼、こんなにハンサムなのに、女のコには冷たいんだ…それって何だかもったいないし、罪《つみ》作りだよね)」

このアメリカ人もなぜ、そんなくだらない会話に加わってしまう。ゲラゲラ笑っている。

「(でもねっ、この彼の場合、冷たいくらいでちょうどいいアルヨ。冷たくしても冷たくしても追ってくるコの数は、鼠算《ねずみざん》的に増えてる、コレ、厳しい現実。もし、この彼がちょっとでも彼女たちに優しい素振りを見せようものなら、ソレ、ハッキリ言って自爆行為ネ)」

ゆ…うりぃいいい…。ほとんど完璧な…えい…かい…わ…じゃないか…。

鼠算的に増える…increase《インクリーズ》 in《イン》 geometrical《ジエオメトリカル》 progression《プログレッション》。

そして…自爆…suicidal《スーサイダル》 explosion《エクスプロージョン》…。どこで覚えてきた…そんな難しい単語の数々…。

さっき確か、『(写真を撮ってあげようか)』さえわからなかった人なのに…。

「(あの…君も高校生だよね? サン・フランシスコに住んでるの? それともただバケーションで、ここに観光に来てるとか?)」

森下が矢継ぎ早に彼に質問を始める。みんな緊張がほぐれてきた証拠だ。現地の高校生と話ができてすごく嬉しい。

「(僕も君らと同じ高校生だよ。九月から高三になるんだ…)」

人なつこそうな彼の笑顔が、一瞬曇ったような気がした。

「(ふーん、そうなの。僕らは今、高二。それでこれからグレイス校に行くんだけど、君、グレイス校って知ってる? 聞いたこと、ある?)」

「(もちろん知ってるよ。グレイスはここでは有名なプレップ・スクールだからね。厳しいけど…とてもいい学校だよ…)」

「えっ…不破くん…プレップ・スクールって何…?」

森下が話の途中で、突然俺に向き直り日本語で尋ねる。

「プレップっていうのは、preparatory《プレパラートリー》の略で『準備』、いわゆる進学準備ってこと。だからプレップ・スクールで進学校。いわゆる大学進学を目指すための私立高校なんだ。秀麗と同じようなもんだよ」

不破…素晴らしいです…あなたは何でも知ってるんですね。私はどこまでもあなたについて行くつもりですよ、という花月の囁《ささや》きが背後から聞こえる…。

「(君たちきっと、グレイス校でいい経験ができると思うよ。もしホーム・シックにかかっても、ここは日本街《ジャパンタウン》もあるし、日本料理屋もあるし、とにかく日本に関するものは何でも揃ってるから心配ないよ)」

アイス・グリーンの目をした彼が、にこにこしながらそう教えてくれる。

そっか…そうだった…! ここには大きな日本街があったんだ。

「(あの…そのジャパン・タウンって、本屋とかもありますか?)」

俺は即座に尋《たず》ねてしまう。

「(あるよ、かなり大きなのがね。えっと…キノクニヤとか言ったかな…)」

ってますよね)」

　やはりどんなに高くても辞書だけは持っていなければいけない。でないとこれから三週間、きちんと勉強できないと思う。せっかくアメリカまで来て、辞書なしで過ごしていいわけがない。それってすごくもったいないことだ。

「不破、辞書だったら私が持ってますから大丈夫ですよ。いつでもお貸ししますから」

「そうだよ涼ちゃん、僕も持ってるから、心配ないよ」

「ありがと、悠里、花月、でも辞書だけは二十四時間、常に携帯してなくちゃいけないと思うんだ。せっかくサマー・スクールに参加してるんだし…。俺、コンパクトなのでいいから、どうしても一冊欲しい…。でも来てそうそう、自由な外出時間なんてもらえないだろうな…。今日この後、観光で日本街に行くとか、そういうことってないかな…」

「(君、ひょっとして辞書持ってこなかったの…？　そうだとしたら、これから三週間不自由だよね…。でもキノクニヤって何でも高いんだ。船賃がかかってるから、どんな本も日本で売られているほぼ倍の値段がするんだよ…)」

「えっ(倍…？　倍の値段ですかっ…？)」

　つい声を上げて言ってしまった。しかしそれは法外だ。辞書って元々結構高いのに、それがまた倍になるなんて…。しようがない…じゃあ、みんなに貸してもらおうか…。

でも度々、借りていたら、段々に嫌がられるだろうな…。

「(そうだ、君。それじゃあ、こうしようか……)」

そのアメリカ人の彼が、何か言いかけたところで。

「おーい、不破くんたちぃー、集合だよー。バスに戻ってー」

同じ高二の同級生が、俺らを呼びに来てしまった。

「あっ本当だっ、もう集合時間過ぎてたっ。行かなきゃっ。えっと、あの、(お話しできて、僕らとっても楽しかったですっ)」

悠里がペコっと頭を下げる。

「(そっか…時間か…。じゃあ、またね…。素敵《すてき》な夏を過ごしてね…)」

名残惜《なごりお》しそうに、彼が言った。

「See you《シーユー》(じゃあ、また)」

俺も彼と同じに答えた。See youは、俺が好きな、アメリカのさよならだった。

彼らはもう二度と会わないかもしれない人にも、躊躇《ためら》わず『じゃあまた』と言う。

また会えるといいね、という小さな願いを、その二つの単語に込めるのだ。

バスがツイン・ピークスを離れるまで、その気さくな高校生は、俺らをずっと見送ってくれていた。初対面なのに手まで振ってくれて——。

小さくなっていくその姿は、俺らの心に最初の想い出を刻んだ。

贅沢《ぜいたく》な時間　～Luxurious time～

「みんな…今、すごく眠いだろ？　でも寝ちゃだめだぞ。ここで寝たら、明日からしばらくずっと時差で苦しむことになる。今はとにかく頑張れ。今夜の歓迎会が終わったら、ぐっすり眠ればいい。そうしたら明日から、すっきり過ごせるぞ」

引率の鹿内先生はみんなを励ますが、高二生のバスの中、誰一人、起きている様子はなかった。森下と席を交替して、今、俺の隣に座る悠里も完全に爆睡中で、俺にもたれかかってぐーぐー寝ている。

ツイン・ピークスを下りた後、俺たちはフィッシャーマンズ・ワーフという波止場《はとば》に行き、そこでおいしい魚介類のランチを食べ、その後さらに、市内観光は続いたのだが、さすがにハイ・テンションの高校生もそろそろ時差には勝てなくなっていた。

なんたって、今ここは八月四日の午後四時半だ。と、いうことは、東京は八月五日の午前八時半。夏時間が実施されているサン・フランシスコと日本との時差は十六時間――。

八月四日の午後六時に成田を発った俺たちは、一晩中騒いではしゃいで観光して、完徹《かんてつ》して朝を迎えたということになる。

実際、飛行機の中、誰一人、寝ていなかった。ゆえにここにきて、全員ダウンだ。

でもこんなの俺にとっては、何てことじゃない。徹夜なんて日常茶飯事だ。

それどころか、働きに出なくていい、勉強しなくていい、食事は三度三度おいしいものを食べさせてもらえるだなんて贅沢きわまりない生活だ。こんな至れり尽くせりで、疲れるわけがない。こんなんだったら、あと三日寝なくたって、俺としては全然平気だ。

「なんだなんだ…起きてるのは、不破くんと那智くんだけか…？　お前たち、さすがに日頃から限界を超えた生活をしてるだけあるなぁ…。寝なくてもまだまだ全然平気って顔してる。それどころか、パワー全開ってカンジだ。なんか怖いな、お前たち…」

鹿内先生が呆れながら俺らを見ていた。

「お言葉ですが、先生、この花月、人に寝顔を見せるだなんて、そんな無防備なことはいたしません。いつ何時敵《てき》に襲われても、すぐ応戦できるように、こうして常に神経を張り巡らせているのです。あしからず、あしからず」

何があしからず、だ、花月…お前よくうちに来て、朝までゴーゴー寝てるじゃないか。揺すっても全然起きないくせに。あ、そっか、俺はきっと花月の敵じゃないんだな…。俺には安心しきっているのか…。それならいいけど。

しかしひどい、鹿内先生…。みんなには寝るなと言っているのに、きちんと起きてる俺らは、まるで化け物扱いだ。

「不破、さすがにあなたも『完徹の王』。そうでなくっちゃ、天下は取れませんよね」

背後の席から花月が囁くが、ベツに俺は天下を取るとかそういうわけで起きているのではない。だって寝るなんてもったいないじゃないか。俺は体が保《も》つ限り起きていて、このサン・フランシスコの景色をいつまでも眺めていたい。

街のあちこちにあるビクトリア様式の家。ヨーロッパの童話に出てくるお城がそのまま住居になったかのようだ。パステルカラーに塗られ、まるでお菓子の家だ。

そして碁盤の目のようにきちんと整備された通り。そこを網羅《もうら》する電気バス。急な坂を上ってゆくケーブル・カー。街角の花屋さん。焼きたてのプレッツェル売り。大道芸人。人種のるつぼ。太陽は街の隅々にまで、余すところなくその光を照らしてゆく。

どんなに眺めても飽《あ》きることのない風景だった。

「おーい、みんな、あと少しでグレイス校に到着するからな。目、覚ましておけよ。寝ぼけ顔で、向こうの生徒と挨拶するのはカッコ悪いぞ」

先生はダメ押しで、みんなを起こそうとする。

スピーカーまで使ってしゃべっているが、引き続き誰一人起きる様子はない。

「悠里…もうすぐグレイス校に到着するんだって…。そろそろ起きた方がいいよ…」

俺は隣の幼なじみをそっと揺すってみる。

しかし悠里は、俺の腕をしっかり握り返すだけだ。引き続き深い寝息を立てている。

「う…ん。でも、もうちょっと…チョコ・ミント食べてもいい…？」

悠里はどうやらさっきのフィッシャーマンズ・ワーフの続きを夢で見ているらしい。

俺らはそこのイタリアン・レストランでバイキング形式で魚介類のランチを食べ、デザートにはケーキ、パイ、アイスクリームなんでもありの、幸せな時間を過ごした。

「悠里…な、もう起きろ…学校に着くんだって」

俺は再度、隣人を——やや強めに——揺すってみる。

「やだっ…兄さま…僕、もうちょっとだけ寝てたいっ…」

今度は俺を兄さんの遥さんと間違えている。この悠里は完璧なお兄さんコである。

十五歳近く年の離れたお兄さんの遥さんは、悠里のお母さんみたいなものだった。

悠里が生まれた頃、悠里の母親は寝たり起きたりを繰り返すほど体が弱ってて、兄さんが青春をなげうって、その母親代わりを務め上げたのだ。その可愛がりようは半端《はんぱ》じゃなかった。と言うのも、悠里は先天性の心臓病を持って生まれてきたので、昔は本当に病弱で、なにかあるとすぐ寝込んでしまうような子供だったからだ。兄さんはそんな悠里から片時も目を離すことがなかったらしい（実は今もそうだ）。

しかしその悠里も去年の夏、大手術を受け、今はこんなに元気になっている。実際、長い海外旅行ができるようになっただなんて、この同級生にとっては夢のようなことだった。

俺はこのサマー・スクールの間中、遥さんに代わって、できる限り悠里のことを気をつけていてあげたいと思う。悠里は元気になったが、まだ無茶はできない体だ。

飛行機の中から完徹して、市内観光にこれだけはしゃいで、疲れないはずがない。

俺としてはもう少し、寝かせてあげたい気持ちだ。

「不破…。悠里を起こすなんて、簡単なことですよ。さ、あなたは私の隣の補助椅子に移動してらっしゃい。ふふふ…」

背後の花月が俺に何やら提案する。

その言葉通り、俺はためしにそっと席を立ち、花月の隣の補助椅子に移ると。

「あっ！　涼ちゃんっ、どこに行ったのっ。ひ―――っ」

幼なじみは即座に跳び起きていた。

その悲鳴で、その他の同級生らも次々と目を覚ましてゆく。

花月はすごい。一人を起こすことによって、バス全体の目を覚まさせるという、鹿内先生でさえ成し得なかったテクニック（？）を披露《ひろう》していた。

そしてバスはまたしばらくサン・フランシスコを南下し、郊外へと向かっていたが、ほどなくして先生の言う通り、遠くにグレイス校のキャンパスらしきものが見えてきた。

丁寧に芝が刈られた広大な土地に、白壁の建物。

ヨーロッパの建物を思い起こさせるその建造物の屋根は三角、レンガ色。

二階あるいは三階建ての校舎、もしくは寄宿舎らしきものが、あちこちに見える。

間違いなくグレイス校だ。秀麗に置いてあったパンフレットの写真と同じ景色だ。

バスは速度を落とすと、大きなアーチ型のゲートをくぐって行く。

そのゲートにはバラの蔓《つる》がからんで、白い一重《ひとえ》の花をあちこちに咲かせている。

アーチの天辺《てっぺん》には、"Grace High School since 1878"の立派な金文字。

俺たちはとうとう、その百二十年近くも歴史のあるグレイス校へと到着していた。

ゲートをくぐった後、バスは静かにメインの校舎へと向かっていく。

キャンパスの中、一際目立つ、煉瓦《れんが》でできた時計塔のそびえる古めかしい建物が、この学校の本校舎だった。

その本校舎の前、バスは停車するが——辺りには人っ子一人いない。静まり返っている。

俺たちは取り敢えず身繕《みずくろ》いをし、手荷物を持ち、寝ぼけた頭でぞろぞろとバスを降りてゆく——と、その時だった。

正面の大きな扉《とびら》が、左右に大きくギイッと開き——。

いきなり勇壮な行進曲が流れてきた。

演奏しているのは、グレイス校の生徒によるブラスバンドの楽隊だった。

ブラスバンドの後に続いて出て来たのは、いくつもの風船を手にしている在校生たちだった。五十人…いや、百人…もっといる。彼らは扉の向こうからわあっと走って来ると、あっと言う間に、俺ら秀麗の生徒を取り囲んでしまった。

そして一人の、えらく品のいい金髪の男子生徒が、スピーカー片手に飛び出して来て。

「Nice to meet you all. Welcome to our Grace High School!（初めましてみなさん。ようこそ我らがグレイス校へ！）」

それが合図の言葉だったのか、グレイス校の生徒たちはいっせいに風船を空に放した。

赤、青、黄、ピンク、緑、白、紫……。とりどりの風船が大空に散らばっていった。

俺たちはその突然の歓迎に、びっくりしてしまい、言葉を失う。

空に放たれた風船は、虹の懸け橋のように美しく空を染め、小さく飛んで行く。

誰からともなく、拍手が沸き起こっていた。そしてあちらの生徒たちが、次々に俺たちへと握手を求めてきた。ようこそグレイス校に、とか、来てくれて嬉しい、とか、楽しい夏を過ごそうね、とか、みんなが笑顔で迎えてくれる。

彼らは秀麗とよく似た制服に身を包んでいた。そのせいか、とても親しみを感じてしまう。

もうひとつの秀麗がサン・フランシスコにあったというカンジだ。

俺はまた感激のあまり、胸がつまって、何と言っていいのかわからなくなっていた。

長旅の疲れがふっとぶほど、嬉しくて、秀麗のみんなにも笑みが浮かんでいた。

とうとうサマー・スクールが始まったんだ——。

＊

「うわー、男子寮って言っても、なかなか掃除が行き届いているねっ」

悠里はグレイス校の寮の廊下を歩きながら、真ん丸の目をきょろきょろさせていた。

俺らは各自スーツ・ケースを転がしながら、割り当てられた部屋へと向かっていた。

長い廊下は木の床でできていて、それがまた丹念に磨かれている。

「あった…これだ。カエザー・ルームって書いてある」

森下が俺らの部屋を見つけたようだが、えっ？　カエザー・ルーム？　俺はドアにかかっているネーム・プレートをじっと見てみる。Caesar Roomと書いてある。

「しかし何でしょうね。カエザーって…ヨーロッパかどこかの皇帝の称号が確か、そんな言い方だったですよね…」

違う、花月、それはKaiser《カイザー》だ…。

「そうなの、なっちゃん、じゃあ僕たちちって、皇帝の部屋に滞在させてもらうわけ？　なんかそれって僭越過ぎない？　一人一泊、十万円くらい払わないといけないかもね」

「何をおっしゃいます、悠里。私たちのグループには不破がいて、不破は皇帝よりも遥かに高い位置にいる、美少年の中の美少年。はっきり言って、神にも等しい存在。皇帝ごときで、気後れしてもらっては困ります」

…………。

「あのさ…花月…ホント盛り上がってるとこ悪いんだけど、ここって皇帝の部屋じゃないと思う…。この単語は本当に特殊なんだけど、Cae…と書いて、シーって読むんだ…。だからたぶん、シーザー。ジュリアス・シーザーのことだと思う。だって、他のみんなの部屋だって、リンカーンとか、ワシントンとか、ナポレオンとかそういう英雄の名前がついてたじゃないか」

「えっ、不破くん、あれってシーザーって読むのっ！　ウソっ」

森下はすぐに自分のポケット英和辞書でCaesarの発音記号を調べている。

「あっ…本当だ…シーザー［síːzər］だ。ローマの将軍、ジュリアス・シーザーのことだ。あっ、でも待って、（一般的に）皇帝っていう意味もあるよ。あっ、（神に対比して）地上の君主っていう意味もある。花月くんの発言もあながち外れてないねっ」

「ふう…よかったです。不破に失礼があってはいけませんものね。ああ、でもこの私、シーザーの読み方ひとつ知らないとはっ。こんなオソマツな英語力で、特別友好大使だなんて、お笑いですっ。不破っ、お願いです、もう大使を代わって下さいっ。私にはあまりにも重荷ですっ。私には百年早い任務でしたっ」

花月…何を今更…。

「大丈夫だよ、花月…。お前さっき、ツイン・ピークスの上で現地の高校生とめちゃくちゃ飛ばして話してたじゃないか…。ああいう会話は俺にはできない…。そんなことより、部屋に入ろう？　廊下に残っているのは俺たちだけだよ。他の生徒はみんな部屋に入って落ち着いてるみたいだし…」

「そ、そうですか、不破…失礼しました…うう…」

「なっちゃん、元気だしてっ、シーザーなんてもうどうでもいいよっ。だってシーザーが今まで僕らに何をしてくれたっていうの？　何もしてくれなかったよね。そんなことより、今夜の歓迎会だよ。なっちゃん、大使なんだから、例の立て板に水のごとくの辛口トークでビシっとキメてね」

「だから悠里、私はその大使が嫌だって言ってるんです。不破に代わってもらいたいんです。私みたいに態度はでかいけど、気の小さい男の出る幕じゃないです」

「花月…何言ってるんだ…。花月は態度も大きいけど、宇宙一気も大きい人間じゃないか。それに付け加えて、超人的に器《うつわ》の大きい立派な大使だ。大丈夫だよ。たまには俺がサブに回って、花月をサポートするから心配するな」

「そ、そうですか…じゃあ私、頑張ってみますね。そこまで不破に褒《ほ》められて、ひっこんでしまうようじゃ男じゃないですよね。でも不破、なるべくいつも私と一緒にいて下さい♥」

「なっちゃん、この頃なかなかうまいテクニックを使うようになったね…。涼ちゃんがお願いされると弱いってことを、もうとうに熟知してるんだね。それにウソでも気弱な態度を見せると、すっごく優しくしてもらえるってことも、体得してるね？」

「ふふ…悠里、このノウハウはあなたが伝授して下さったことではないですか…」

……………。

「えっと、森下…じゃあ部屋に入ろうか…あ、すごく広いいい部屋だな…。あ、二段ベッドが左右に分かれて二つある…。森下、どこがいい？」

「あ、じゃ、僕、上にしようかな…。えっと、でも下の方が落ち着くかな…。不破くんはどこがいい？」

廊下の友人らは放って、俺は森下と部屋でのんびり語らっている。

すると次の瞬間、その人たちが慌ただしく入って来て。

「涼ちゃん、ごめんね、僕、しょうもない会話で飛ばしててっ。どうしても時差でハイ・テンションが止まらないんだ。だって、やっぱり嬉しくってさ。僕、こんなアメリカくんだりまで来れるほど、元気になるとは、思わなかったから」

昨年、大手術を乗り越えた悠里は、上気した顔でそう言った。

「そっか…よかったな悠里。俺も悠里が三週間も日本を離れて生活できるようになるとは思わなかったよ。体、大事にしながら過ごそうな。具合が悪くなったらすぐ俺に言うんだぞ」

俺は幼なじみの頭を二、三度軽く撫《な》ぜた。

「不破、私もそうです…。私は踊りが大好きですけど、初めてこうして、踊りから一旦離れて、ただの一高校生として大好きな友達と過ごす夏を頂いて、人として何か一生の記憶に刻まれるような想い出が作れそうで、嬉しくてしようがないんです」

それで花月はいつもより何かえらく陽気だったのか。

「不破くん、実は僕もそうだよ。サン・フランシスコに来れたのは、もちろんすっごい感動なんだけど、それに併《あわ》せて不破くん、花月くん、そして悠ちゃん…みんなとこんなに親しくなれて、それが何よりも嬉しい。秀麗に入学してよかったってしみじみ思ってる」

森下までもが改まってそんなことを言う。

でも俺もまったく同じ気持ちだった――。ここがアメリカでなく、日本のどこかだとしても、きっと俺は今、やはり楽しくてしようがないのだろうな。

大好きな友達と過ごす夏が、何よりも贅沢なことなのだった。

と、その時、部屋のドアが軽くノックされて――。

「(シーザー・ルームの君たち、僕たちの寮は気に入って頂けました?)」

先程、グレイス校の庭先での歓迎式典で、スピーカーを使って、俺らに『ようこそグレイス校へ』と代表で挨拶した彼だった。髪はさらさらの金髪。瞳はブルー・グレイをしている。遠目で見てもそう思ったが、間近で見ると、まるで映画スターのように華《はな》がある生徒だ。実際そうなんじゃないかと思ってしまう。

そして彼の制服のブレザーには幾つか立派な金色のバッジが並んでいて、それが——彼が他の生徒とは何かが根本的に違う——ということを教えていた。

とにかくえらく優秀で崇高《すうこう》な雰囲気だ。いや、グレイス校の生徒は誰もがみな優秀なのだが、その中でもこの彼は格別に輝いている。彼からは、超上流階級、アメリカの未来を作るパワー・エリートの匂いがする。

一億二千万人総中流階級の日本には、まずどこを探してもいないタイプだ。

「(えっと、君…君がひょっとして、今年の友好大使の方…かな…?)」

その彼が、俺を花月と間違えている。

「(いいえ、俺は大使ではありません。大使はこの俺の友人の花月です)」

俺はやや緊張しながらそう答えた。

同年代でありながら、この彼は余りにも神々《こうごう》し過ぎる。その育ちのよさ、品格の高さが、一言一言から滲《にじ》み出てしまうのだ。

「(申し遅れました。私はジョゼフ・レノックス・ジュニアと言います。今年のサマー・スクールのリーダーです。リーダーと言っても、そんな堅苦しい役職ではなく、秀麗のみなさんのお力になるための相談役みたいなものです。どうか困ったこと、質問等がありましたら、何なりとおっしゃって下さいね）」

にこっと笑った口元の歯並びが抜群にいい。歯列矯正のなされたそれは、明らかに上流階級の印だ。

「（初めまして。私は花月と申します。花月那智です。今年の大使を務めます。どうぞよろしくお願いします）」

花月はひるむことなく、ようやくいつもの大人顔になり、涼しげな目で挨拶をする。先程までのあの気弱な態度はすっかり消えていた。もう立派な大使である。

「（実は私はずっと、このサマー・スクールのリーダーになるのが夢だったんです。日本から来る兄弟校の生徒の力になれることは、私たちにとってすごく名誉であって、とても楽しい経験ですから）」

すごく敷居の高そうな彼だったが、今の一言で親しみが湧いてきた。本当に嬉しそうに、彼はそう言ってくれたのだ。

俺ら四人は、ようやく肩の力を抜いていた。

パーティーの夜　～Evening party～

寮はちょうど四人一部屋になっていて、スイート・ルームのように、寝室、勉強部屋、洗面所と細かく仕切られている。

俺らは各自、スーツ・ケースの荷物をそれぞれの整理ダンス等にしまっていた。

と、その時だった――またもや扉がノックされて、中に入って来たのは。

「不破くん、ごめんね。ちょっと訊きたいことがあるんだけど、いい？」

秀麗で同じクラスの皇《すめらぎ》佑紀《ゆき》が現れた。俺の親友の一人である。高一まで、学校には極秘で、TVのCFやファッション雑誌のモデルをしながら、病身の父親を助けていた、親孝行な息子である。そのお父さんも今はすっかり回復して退院すると、パソコンで在宅勤務の仕事をしているそうだ。だから彼もこうして俺らと一緒にサマー・スクールに参加することができた。皇自身はもうすっかりモデルの仕事を引退して、今は高校生活を楽しんでいる。

「どうした、皇…訊きたいことって何？」

俺はパジャマや衣類をベッド脇《わき》のチェストに詰める手を止めた。

「あのさ、不破くんたち、今日、ツイン・ピークスで、アメリカ人の高校生に会ったろ？」

「あ…うん…会ったけど…。瞳がすごく綺麗な、透き通るようなグリーン色してた高校生。だけど、どうして…？」

「やっぱりそっか。いや、今、その彼が寮に来てさ、『名前はわからないけど秀麗の高二で、長い黒髪の美しい男のコの友達に、この辞書渡してくれないか』って、言われて…。高二で長い黒髪の美しいって言ったら、花月くんしかいないだろ？　その友達って言ったら、不破くんか、悠ちゃんか…あるいは森下くんか…」

そう言って皇は、それまで片手に握り締めていたコンパクトな英語の辞書を、俺に渡してくれた。英和・和英がひとつになっている非常に便利なやつだった。

「えっ、でも、渡してくれないかって、俺、これ貸してもらえるの？　その彼、まだ、寮にいるっ？」

これはお礼を言わないといけない。

信じられない…こんなことってあるんだ…。何て親切なんだろう。

「ごめん、彼、もう帰っちゃった…。『せっかくサマー・スクールに来てるのに辞書を忘れて困ってるみたいだったから』って、不破くんのことだと思うけどそれだけ言って、さっと立ち去ったんだ」

わざわざ届けてくれたのか…。

「あのさ皇、今から走れば、追いつくかな？　彼、まだそこらへんにいると思う？」

「いや、不破くん、彼、車で来てたんだ。すぐエンジン吹かして行っちゃって。待っててもらおうと思ったんだけど、俺ら何か上手く英語が話せなくてさ。ごめんっ」

そうか…アメリカでは高校生も車を運転するからな。

困った…これじゃせっかく貸してもらっても、後でどう返していいのかわからない。

途方に暮れた俺は、辞書のケースを外し、本体をパラパラとめくる。中に何か手掛かりが書いてあるかもしれない。見ると、辞書は結構使い込んであった。

しかし発行年月日は二年ほど前の割と新しいやつだ。ということは、この辞書の持ち主は、短期間でこれを相当使って勉強したということになる。

その時、一枚のメモが辞書ケースからパラリと落ちていった。

拾い上げて読んでみると——。


よかったら、つかって下さい。

これは、ぼくのじしょです。

たのしい、なつ休みをすごして下さい。


平仮名が多いけど、しっかりした日本語でそう書かれてあった。

これはたぶんあの少年の辞書だろう。間違いない。彼はきっとずっと日本語を習っていたんだ。だからあの時、丘の上にいる俺らに気さくに声をかけてきてくれたのか。

「よかったですね、不破。この一冊があれば、鬼に金棒ですよ」

気がつくと隣で花月が、にこにこしながら俺のメモを覗《のぞ》いていた。

「あの彼、やっぱりすっごくいい人だったね。写真も撮ってくれたし、親切だった。話して楽しかったし、まるでアメリカ版涼ちゃんだよ。爽《さわ》やかすぎるよ」

悠里も側《そば》に来て満面の笑みだ。

「あのさ不破くん、また彼にどこかで会えるかもしれないよ。ほらサン・フランシスコってすごく小さい町だから。それにひょっとして、彼、またこの学校に来るかもしれないし」

本当にそうだ。俺は皇の言葉に頷いていた。どこかで会えるかもしれない。

いや——きっと、必ず会えるような気がする。

＊

その夜、グレイス校の大広間で、歓迎会が開かれた。

パーティーはまずグレイス校の校長先生の挨拶から始まった。

校長はまだ若い四十代のバリバリのやり手で、何だかえらく自信満々の人だった。

我が学園は、アメリカのパワー・エリートを養成することが使命だとか、権威と名声溢るるこの学園でひと夏を過ごすことは、君らにとって間違いなく永遠の威光となるだろう、とか、とにかくやたら大袈裟《おおげさ》な単語をふんだんに使っていた。

やはり子供の頃から、（少なくとも俺の数千倍）牛肉を食べてきた人たちは違う。言葉に相当なエネルギーがある。これぞまさしくアメリカン・パワーだと思った。

こういうパワフルな情熱がたぶん今日のアメリカの教育を加速度的にレベル・アップさせ、社会へと優秀な人材を送り続けてきたのだろう。そしてそこから育ったパワー・エリートたちが、世界最強のアメリカ帝国をさらにさらに大きくしていく。

なるほど日本が戦争で負けるわけだ。つくづくアメリカは大国だと思う。

そしてその校長先生の後に挨拶に立ったのは、うちの学院の代表引率者である——俺らの元・担任、且《か》つ英語の先生である——黒田先生だった。

黒田先生はこれだけ多くの毛色の違う、しかもかなりのエリート軍団を目にして、やはり多少は緊張するのか、

「（うちの生徒はとにかく羽目を外しやすく、何かと手がかかると思いますが、どうかみなさんひとつ忍耐強く、よろしくお願いします。仲良くしてやって下さいね）」

と、えらく腰の低い、あちらの学園の校長とは百八十度違う姿勢の挨拶をしていた。

しかしちょっと気になったのは、『羽目を外しやすく、手がかかる』というところで、先

生は遠くから俺と花月をチラッと見たんだ…ひどい…。

それはまあさておき、その次が先程、俺たちの部屋にわざわざ挨拶に来てくれた、スクリーンから飛び出してきたみたいな彼、ジョゼフ・レノックスの登場だった。

この彼がまた、見た目同様清々《すがすが》しいことこの上ない、いいスピーチをしてしまった。

本当にできるアメリカ人というのは、日本人がどうあがいたって敵《かな》わないくらいにセンスがよくて、洒落《しゃれ》てて、機知に富んでて、洗練された話し方をする。

本当に同じ高校生かってくらいに完璧なスピーチだった。

それはもうある種の感動すら呼び起こす。

きっと彼は小さい頃から、日本にはないような特殊な教育を受けてきたのだろう。そうでなければあれほど自信に満ち、かつ品格のあるしゃべり方はできない。

そしてそのジョゼフの後が、我らが秀麗の友好大使五人の挨拶だった。

秀麗の五人はさすがに大使に選ばれるだけあって、ジョゼフ・レノックスに負けない、堂々としたスピーチをしてくれた。

実は俺は、最年少の大使である花月のスピーチが一番気に入っていた。

あの物おじしない涼やかな目で、グレイス校の全生徒を見据えると、夏期学校の抱負を得々と述べる彼は、はっきり言って一番威厳があった。

那智さまパワーは、よその国でも遠慮なく炸裂《さくれつ》するのだ。

俺はそんな花月がとても自慢だ。よくやってくれたというカンジだった。

このように全員の挨拶が一通り終わると、後はもうご自由にご歓談となった。

しかしさすがにアメリカだ。グレイス校では年中各種パーティーが開かれるらしく、そのための広間がちゃんと学園にあるのだ。

天井《てんじょう》には煌々《こうこう》と輝く時代物のシャンデリア。ステンドグラスの施《ほどこ》された大窓。揺らめく数々のキャンドル。赤い絨毯《じゅうたん》。まるで雲の上を歩いているような気分にさせる。

その広間には今、中等部五十名、高等部百二十名、計百七十名の秀麗の生徒がいる。そしてグレイス校も同じくらいの生徒が集まっている。

ここはそれら全員を楽々と収容できる、大ホールなのだ。

俺たち秀麗側はいつもの制服で出席。

あちらの生徒も同じくきちんと制服のブレザーと白いワイシャツ、それにネクタイ。ズボンだけは各自自由なものを着用していた。しかしもちろんフォーマルなズボンだ。

そして食事は立食。ホールの中央にいくつものテーブルが並んでいる。

そこには真っ白なクロスが敷かれ、チキンやフライド・ポテト、マカロニ・グラタン、スパゲッティ、サラダ、サンドイッチ、フルーツ、ケーキ、クッキーと、非常にアメリカらしい、気取らない食事が用意されていた。

「涼ちゃん、僕もういつ眠りこけてもおかしくないほど、今、睡魔が襲ってきてるよ」

俺のすぐ側にいる悠里は、それでも、紙皿に乗せたチキンにフォークを刺し、焦点の定まらない目で黙々と食べている。食欲はあるみたいだが…とにかく眠そうだ。

「大丈夫か悠里？　無理するなよ。俺、なんか目の覚めるようなもの持って来てやろうか？　例えば…そ、そうだ…コーヒー…は…悠里の体によくないか…。あ、レモネードなんてどうだ？　酸っぱさがさっぱりして、いいかも」

可哀想《かわいそう》に、本当に疲れがピークに達しているんだろう。

先程までのテンションの高さはすっかり影を潜《ひそ》めていた。

「涼ちゃん…相変わらず、優しいんだね…僕、もうその言葉だけで、目が覚める思いだよ」

会話にも今イチつやがない。

「悠里、ちょっと待ってろよ。俺、とにかく何か冷たい飲み物、持って来てやるからな」

俺がドリンク・バーを目で探すと。

「やだっ、涼ちゃん、一人にしないでっ…。今、僕、誰かに英語で話しかけられても、頭が回らなくて何言っていいのかわかんないからっ。お願いっ」

「一人じゃありませんよ、悠里…ふふ…この私がいるではないですか…お忘れですか？」

あっ、いつのまにか花月がいる。友好大使なので、向こうの先生や代表たちとの会話で忙

しいと思っていたが、さっさと俺らのところに戻って来ていた。花月の場合、俺らを中心に世界は回っているみたいだ。しかも紙皿には余裕で炒飯《チャーハン》まで盛っている…。

「あっ、なっちゃん、日本食見つけてきたの？　さすがに時代を先取りしてるねっ」

花月が来ると、悠里はすぐに元気を取り戻す。

何だかんだとこの二人は、えらく気が合うのだ。双子《ふたご》みたいに仲がいい。

「実は隅のテーブルに炒飯とか春巻きとか巻き寿司みたいなものが置いてある和食コーナーがありました。きっと秀麗の私たちに気を遣って下さったんですね…ああ、幸せ♥」

花月…炒飯と春巻きは中華だと思うが…まあいい…。

「ところでその花月の炒飯、おいしそうだな…」

小エビ、卵、トリ、グリンピース、角切りニンジン、コーン、ブロッコリー…なんて具沢山なんだろう。そしてお米はテキサス産の細長いやつを使っている。これって炒飯によく合うんだよな…。出来立てなのか、湯気までもうもうとあがっている…。

「不破、よろしかったらどうぞ一口、召し上がって下さい」

気のいい相棒は、すぐに自分の炒飯をスプーンでザクっとすくい、それをさっと俺の口に運んでくれる。

「あっ…おいしい…。なんかそれこそ目が覚めるような味だ…。ああ…俺ってすっごく日本人かも。なんか幸せだ…♥」

やはりご飯モノっていい…。

ってまだ、アメリカに来て一日なのに、何を言ってるんだ、俺は…。

気がつくと花月は、えらく嬉しそうな顔で俺を見ていた。そしてまたスプーンで炒飯をすくうと、俺の口に運んでくれる。今日は大サービスしてくれるんだな…。

「不破…今の私は、誰にもなつかなかった野生の『豹《ひょう》』のコを長いこと大変な思いで育て、ようやく人の手からモノを食べてくれるまでになった、そんな奇跡的な喜びの心境と似ています。あなたのその幸せそうな顔を見るだけで、私はここに来てよかったと思いますよ」

言いたいことはよくわからないが、炒飯がおいしいから聞き流そう。

「そんなことより、なっちゃん…僕、今、銀河系一なっちゃんが羨ましいよ…。その涼ちゃんが使ったスプーン、次、なっちゃんが使うんだよね…」

……………。

「ゆ…悠里…とにかく、俺、今、悠里にレモネード、持ってきてあげるから、ちょっと待ってろ。さっきから何も飲んでないもんな。喉渇《のどかわ》いたんだな？　あ、花月はアイス・ティーがいいだろ？　ガム・シロップ抜きの、持って来てあげるからな」

俺は、各種ドリンクの置いてある、バー・カウンターへと向かって行った。

そこにはグレイス校の給仕係の生徒が数名いて、飲み物を出してくれていた。

給仕担当の彼らは、本格的なコックさんがよく使うような真っ白いカッコいい割烹着《かっぽうぎ》を身につけている。非常に衛生的なカンジだ。そういった生徒は、実はあちらこちらにいて、その彼らが俺らに食べ物をよそってくれるのだ。

実は彼らはこの学校の奨学生で、生徒の食事の給仕、寮あるいは校舎の清掃、洗濯、キャンパスの整備などの仕事をしながら、グレイス校に通っている。

勤労奉仕することで、学費が免除されるのだ。グレイス校は貧しき家の者にも均等なる教育の機会を与えようと、こういうシステムを持っていた。

「(飲み物、何がよろしいですか?)」

バー・カウンターに近づいたとたんに、一人の給仕の生徒に丁寧な敬語で尋《たず》ねられた。

彼はたぶん、ラテン・アメリカ系だ。割烹着にネーム・タッグがついていて、Ricardo《リカルド》と書いてある。肌はこんがりと小麦色で、顔の彫りが深い。

「(レモネードと…アイス・ティー下さい。アイス・ティーに砂糖は入ってませんよね?)」

「(ええ、もちろん砂糖抜きですよ。レモンの輪切りもお入れしましょうか。あっ…あれっ…? 君のその辞書、P・Jのだろっ?)」

敬語で話していたと思った給仕のリカルドが、いきなりカジュアルな英語になってしまった。彼の目は、俺の制服のポケットにつっこんである——先程届けてもらった和英・英和辞書に向けられていた。

俺はさっそく借りた辞書を持ち歩いていたのだ。いつ何時、わからない単語に遭遇するかわからないから。

ところでリカルドは今確か、Ｐ・Ｊって言ったけど…Ｐ・Ｊっていったい何のことだ？

「(君、Ｐ・Ｊの知り合いなの？)」

「(いいえ、あの…Ｐ・Ｊって何のことですか…？)」

「(だってその辞書、Ｐ・Ｊのだろ？)」

俺は彼の指さすその辞書をポケットから取り出す。

彼がどうしてそんなに驚くのかわからない。

「(ほら、そこ。ケースのトップにＰ・Ｊのイニシャルが書いてあるだろ？)」

気がつかなかったが、確かに辞書ケースの天辺に、マジックで書かれたＰ・Ｊの二文字があった。

「(Ｐ・Ｊはいつもそれを持ち歩いてたんだ。今日の君と同じように制服のポケットに入れてね——一生懸命、日本語を勉強してた…)」

リカルドは沈んだ顔でそう言った。

「(あの…俺、涼っていうんです。不破涼です。リカルド、君、この辞書の持ち主を知ってるの？　俺、この辞書をその彼から貸してもらったんだけど、彼、これをここに届けてくれると、すぐにいなくなってしまって、俺は、ありがとうも言えなかったんだ…。彼、Ｐ・Ｊっていうの？)」

と、いうことは、あの彼もグレイス校の生徒なのだろうか？

いや、それだったら、ツイン・ピークスの上ですでにそう教えてくれているはずだ。だって隠《かく》す理由なんて何もないはずだ。

「(リョウって言ったっけ…君…。あのさ、P・J…この寮に来たの…？　いったい、いつ…？)」

「(いつ、って…ついさっき。このパーティーが始まる、一、二時間前のことだけど…リカルド、君、彼のこと知ってるの？　それだったら連絡先とか教えてほしいんだけど)」

「(いや…あの…彼は…もう…僕らの学校…退《や》めたから…)」

「(僕らの学校って…彼、ここの生徒だったんですか？)」

彼…九月から高三になるって言ってたのに。

「(アメリカでは学生はしょっちゅう学校を変えるんだよ。自分によりあった学校を求めて生徒たちは編入を試みる…。それはそんなに珍しいことじゃない。それでP・Jも転校したんだ…)」

リカルドは、とたんに言葉を濁《にご》し始める。

何かとても答えにくそうなことがある様子だった。

確かに以前、アメリカの学生はどんどん学校を変えていくと聞いたことがある。俺がつい最近通うようになった英会話学校の先生も、高校を一度変えたことがあると言っていた。

三年間同じ高校に通うことは、日本のように当然のことではないらしい。受験がないから、入ったり出たりは割と頻繁《ひんぱん》だった。

でもグレイス校ほどの学校は、それなりに入学が大変だし、かなり優良な学校なので、いったんそこに入学した生徒は、そう簡単に出入りはしないと思う。

何か問題があって、退学させられるというのだったら、ベツの話だが。

「(俺、この辞書を貸してくれたそのP・Jに、お礼が言いたいんです。どなたか彼の連絡先を知っている人、教えてもらえませんか?)」

「(いや…僕は…知らない…。ごめん…)」

リカルドは目を逸《そ》らしてしまう。知らないって顔じゃない。

P・Jのことを詳しく説明できない、そんな困った表情をしていた。

「(あ、えっとリョウ、ごめんね、レモネードとアイス・ティーだっけ。おまたせ)」

パッと無理やり笑顔になってグラスを渡してくれたリカルドは、その数秒後には、またとても寂しげな瞳に戻っていた。

たぶん彼はP・Jをよく知っているのだろう。

でもP・Jに関しては、言うに言えない事情がありそうだった。

不思議な霧《きり》の町 ～Wonderful foggy town～

目が覚めると外はまだ薄暗く、しかし時計を見るともうすぐ七時だ。

薄いカーテン越しに見ているだけだが、窓の外は何だかどんよりしている。もはやそこには昨日《きのう》のような突き抜けるカリフォルニアの青空はない。

早速起きてみようと思ったが、悠里が隣で俺の腕を摑《つか》んで身動きがとれない。

各自ベッドを割り当てられていながら、なぜこの同級生が隣にいるかというと、昨夜《ゆうべ》のパーティーの後、悠里はやはりかなり疲労したらしく、明らかに調子が悪そうだったのだ。

睡眠中、何かあってはいけないので、俺は心配で隣に寝ることにした。手術をして順調に回復しているとはいえ、疾患のあった場所は心臓だ。気をつけていないといけない。

と、思ったら、その悠里の隣に花月まで寝てるじゃないかっ！

壁側に張りついているので、気がつかなかった。まるで忍者だ。どうりで、いくらアメリカのベッドとはいえ、えらく狭いと思った。

普段の花月は、いつだって誰よりも怖いくらいに大人なのに、時々こういう子供みたいな行動に走ってしまう。一人っ子だから、実は寂しがりやなのだ。

しかし…いったいいつの間に移動してきたんだろう…。全然気づかなかった俺もどうかしている。きっと時差で疲れてたんだろう。

結局、同室で誰にも迷惑をかけず、ひっそりと就寝したのは、森下だけか。その唯一まともなクラス・メートは、向かい側の二段ベッドの上階で、今なお静かに休んでいる。

俺はなんとか悠里を起こさないよう、一人そっとベッドを抜け出し、カーテンを開いてみると。

驚いた――。

確か昨日はありとあらゆる景色がここから見えてたはずなのに、今、目の前にあるのは、ただ深い霧《きり》だけだ。

一メートル先も見えない。誰かがスモークでも焚《た》いているんじゃないかと思うほどだ。

「なんだろうこれ…いったいどうなってるんだ…」

想像だにしない眺めに、つい口に出していた。

俺は庭に面している窓を十センチほど引き上げて、外の様子を調べてみる。

寒い…。と同時に、目に見えるほどの霧の粒子が、さあーっと部屋に入り込んできた。

これが夏の天気だろうか？　ここは本当にカリフォルニアか？

実は蓼科《たてしな》とか軽井沢《かるいざわ》の高原避暑地だったりして…。いずれにせよ不思議な光景だ。

まるで分厚い雲の中に紛れ込んでしまったかのようだ。

「どしたの不破くん…もう起きてたの？　今日はまだゆっくりしててもいいんだよね…」

パジャマ姿の森下が、目を擦《こす》りながら二段ベッドから降りてきた。

「森下…、外、すごい霧なんだ…。今日、天気悪そうだな」

しかし、日系三世でサン・フランシスコ生まれの父親を持つ森下は、笑顔でこう言った。

「父さんが言ってた通りだ。霧はサン・フランシスコの名物なんだって。朝早い時は特に霧が濃くて、ひどい時は手探りでバス停まで行ったって言ってた…。そっか…こういう風になるのか…なんか神秘的でいいな…」

森下は懐《なつ》かしそうに、その若くして神に召された優しい父親を思い出していた。

俺はほんの少しだけ、森下が羨ましくなる——。

俺には生まれた時から、父親がいないからだ。想い出すら持つことができなかった。

しかし次の瞬間すぐ、俺は自分のことをいつも可愛がってくれる、田崎のお父さんのことを思い出していた。銀座の画廊のオーナーの田崎社長だ。

お父さんとの出逢いは俺が働く会員制の高級ナイト・クラブだった。

田崎のお父さんは高校生の息子さんを二十数年前に亡くしていて、その息子さんがたまたま俺にそっくりで、たったそれだけの理由で、俺のことをいつも気にかけ、親切にしてくれる優しい人だ。今、俺がこのサン・フランシスコにいるのも、お父さんのお陰だ。

この留学費用の三分の二は花月と烏丸来夏先輩が出してくれたものだけど、残りの三分の一はお父さんが払ってくれたものだ。

しかも三週間過ごせるだけの、充分過ぎるほどのお小遣いまで頂いてしまった。

その上、昨日、成田の旅客ターミナルの売店で、急いで最新式のコンパクト・カメラまで買って来てくれて、フィルムも山のように手渡してくれて。

「涼、たくさん想い出を撮ってくるんだよ。日本に帰ったら、お父さんに一番に写真を見せておくれよ」

すごく嬉しそうにそう言ってくれたんだ。

そして、出国審査に向かう俺に、何度も何度も手を振ってくれて。

「三日に一度は必ずお父さんに電話をするんだよ。風邪ひかないように、おなかこわさないように、気をつけるんだよ。ああ…それから、アメリカは物騒だから人気《ひとけ》のないところに行ってはだめだよ。あと、車に気をつけて、車道はちゃんと左右を確認して渡るんだよ。なっちゃん、悠ちゃん、森下くん、どうかうちの涼をよろしくお願いしますね」

必死にそう言ってくれていた。あの時のお父さんの顔…一生忘れない…。俺のこと、本当に心配で心配でしようがないって顔をしてくれたんだ。お父さんは紛れもなく、俺の本当のお父さんの顔をしていた。

俺はそれがすごく嬉しくて、たまらなかった。

血が繋《つな》がらない人にこんなに甘えていいのかわからないけど…俺は、いつか田崎のお父さんに大きな親孝行ができるよう、これからもっと頑張っていこうと思う…。

行きの飛行機の中、ずっとそのことを考えていた。


「ねえ不破くん、サン・フランシスコはどうしてこんな濃い霧が発生するか、知ってる?」

森下は窓から手を伸ばし、霧に触れながらそんなことを訊いてきた。

「さあ…すぐ近くに太平洋の寒流が流れているからかな…」

「それもあるけど、それだけじゃないんだ。ほらサン・フランシスコって、坂が多いだろ? 起伏が激しい陸地があって、その陸の上で暖まった空気が、湾に入り込んできたその寒流の冷たい空気と出会って霧が発生するんだって。この町がただのまっ平らな土地だったら、そんなことは起こらないんだ」

確かに昨日バスで市内を巡った時も思ったが、市内にはびっくりするほど坂が多く、しかもそのほとんどがえらい急勾配《こうばい》だった。

車で上り切れるものなのだろうかと思ったほど、ハラハラさせられた斜面もあった。しかしその険しい坂があるからこそ、霧が発生するのか…。まさに自然のなせる神秘だ。

「でもさ、こういうのってロマンチックだよね。僕は好きだな。町全体が不思議の国みたいになってさ。それに――ここがいつもハワイやロスみたいに突き抜けるような青空ばかりだったら、いつかきっと青空のありがたみもなくなっちゃうかもしれないしね」

森下はにこにこしながら、両手で霧をかき回していた。

「本当にそうです。これは人生と同じです。晴れた日ばかりが人生を豊かにするわけではありません。山あり谷あり、土砂降《どしゃぶ》りあり。ゆえに青空は愛《いと》おしくあり続けるわけです」

あっ…いつの間に…。我らが大使、那智さまが長い眠りから覚めていた。

「ああ…びっくりした。花月くんって、いつも音もなく現れるんだね。おはよ。今朝《けさ》も冴《さ》え渡ってるね」

森下は俺らの後ろにいる花月に感心している。

「驚かせてすみません…。またお二人がしっとりと心に染《し》みいるいいお話をしていたもので…つい私も引き寄せられるように目が覚めてしまいました」

心に染みいるほどいい話だったろうか？

俺らはただ、サン・フランシスコの地形や気候の話をしていただけなのだが。

「ところで花月、昨夜はどうしたんだ？　いつのまにか俺のベッドにいたが…。狭かっただろ？　あんなところで、よく眠れたか？」

「あ…いえ、あれは涼ちゃんがぐっすり寝た後、悠里がお声をかけて下さったんです…。

『僕一人で涼ちゃんを独占するのは、あまりにも罪深いし、一生分の運をここで使ってしまうみたいでイヤだから、なっちゃんもよかったらどうぞ』ってそうおっしゃって下さって…。

ついお言葉に甘えてしまいました」

「一生分の…運…？　なっちゃんも…よかったら…どうぞ…？

「あっ、不破くん、ど、どうしたの、なんか目の焦点があってないっていうか…まだ時差の疲れが残ってるんだね…。あっ、そうだっ、僕、言うの忘れてたけど、昨日空港で無料のタウン誌を配布してたんだ。そこに市内の大手デパートのディスカウント・チケットが入っててさ。今、夏の大セール中だから、Macy's《メイシーズ》とかSak's《サックス》 Fifth《フィフス》 Ave.《アベニュー》で、ほとんどすべての商品30〜50％も引いてもらえるんだよ。有効期限は八月二十四日までだって。ちょうど僕らが日本に帰る日までだね」

「えっ、そ、そんなに割引してもらえるのか？　すごいな。今言ったその二つのデパートって有名だよな。特にSak's Fifth Ave.ってニューヨークに本店がある超一流のデパートだって、ガイド・ブックに書いてあった」

「だからさ、ディスカウント・チケットを持って一緒に買い物に行こうよ。きっといいお土産《みやげ》が買えると思うよ。不破くん、画廊のお父さんに何か買ってってあげたいんだよね」

そうなんだ…お父さんから、ものすごいお小遣いを頂いてしまったんだ…。俺は何もいらないけど、お父さんが喜ぶものを何か見つけたい。

あとそれと急にナイト・クラブの仕事を三週間も休ませてもらって、迷惑をかけてしまったお店のママにも何か探せるといいのだが…。

「森下…いつもありがとう…。森下ってそういう情報に詳しいから、ホント尊敬するよ…。あ、お返しと言ってはなんだけど、俺、行きの飛行機の中で、JALの絵葉書セットをもらったんだ…。もし、母親か誰かに手紙を書きたくなったら俺に言って。たくさんあるから…。DC―10とか、ボーイング767とか、あとコックピットの絵葉書もある。JALのスチュワーデスさんって、本当に親切だよな…。あっ、書店クジの特等賞が当たって、ロンドンに行った時の全日空のお姉さんたちもすごくいい人だった…」

その時、天下の那智さまは、少し己《おのれ》の力不足を感じていた。

森下葉クン…あなたは不破の友人としてはまだまだ新人さんだと思ってましたが、すでに不破の心を摑むツボを心得てますね…。この花月、今まで押しが強すぎましたが、今度からはもっと、今のあなたのように小技を効かせたあっさりした手法で、不破の心をわし摑んでみたいと思います。

そうですか…大手デパートのディスカウント・チケットの折り込まれたタウン誌ですか…。これはさすがの私も気がつきませんでしたね…。見事な戦略です。あっぱれです…。

そして一人静かに、次の対策を練り始める那智さまであった――。

「あっ…あれっ、花月、どうしたんだ…元気ないじゃないか…熱でもあるんじゃないか？

体調悪いのかな…」

心配になった俺、不破涼は、相棒の額《ひたい》に手を伸ばしていた。しかし平熱のようである。

「花月は、友好大使だから何かと神経を遣うんだろう…。大変だったら、俺に言えよ。何でも手伝うからな」

「え…ええ…不破…ありがとう…。そう言って頂くと私も心強いです…。あっ、そうです。言い忘れてましたが、実は私、飛行機の中で、朝の洗面セットを頂いてきました。歯ブラシ・歯磨き粉・ミニタオルなどなど入ってます。不破、もしよろしかったらそれらを使って下さいね。ほら、不破は昨日、慌てて荷造りしてアパートを飛び出してきたので、そういう細々《こまごま》としたものはひょっとしてお忘れかと思って。差し出がましいようですが…」

そうなんだ…タオルはなんとかぎりぎり持っているが、歯ブラシ等は完全に忘れてきてしまっている。

「花月…お前ってつくづく本当にいい奴だな…俺、すごく助かるよ…。今朝、どうやって歯を磨こうかと思ってたんだ。ありがと…」

俺はやはりこれからも花月について行こうと思う。

「いいえ、涼ちゃん…お礼なら帰りの便でJALのお嬢さま方におっしゃって下さい…。私なんて、ただ強引にそれらを頂いてきただけのことです…♥」

「そんなことはないよ。花月だからもらえたんだよ。俺にはできないことだ——」

本当にありがたい…。よかった。俺はつくづく友達には恵まれている…。

「涼ちゃん、なっちゃん、葉ちゃん、おはよー」

ようやく悠里も起きてくる。顔色がいい。すごく元気そうだ。

「あれっ、なっちゃん、なんか表情が生き生きしてるね。ひょっとして朝一番に、涼ちゃんの心をぎゅっとわし摑むような出来事があったね…」

「え…ええ…さすがです、悠里…起きぬけによくそこまで読んでますね」

そう言えば、さっきまで元気のないように見えた花月だったが、なぜかもうすっかりパワー・アップしている。どうしてだ…？

「ところで悠里、もう疲れはとれたのか？　絶対、無理しちゃだめだぞ」

「うん。大丈夫だよ。それより涼ちゃん、昨日は一緒に寝てくれてありがと。僕、すっごく安心で、ぐーっと眠れちゃった」

あんな狭いところなのに、ぐーっと寝たのか…。

それもすごい話だ。健康だっていう何よりの証拠だな。

「じゃあさ、とにかく四人揃ったところで、そろそろ顔でも洗って、朝食に行こうよ。ダイニング・ルームは七時からオープンだって」

森下がそう教えてくれると、俺らは一斉に着替えを始めた。

＊

「(おはよう。昨夜はよく眠れた？)」

ダイニングの入り口で、サマー・スクールのリーダーである、ジョゼフ・レノックスが俺らに声をかけてきた。彼はこうしてみんなに声をかけるのだろうか、彼の清々しい笑顔は、ここが別天地アメリカなのだということをつくづく感じさせる。

「(今日の午前中は、この学園や学園の周りを案内するから、この近辺の地理を覚えることができるよ。楽しみにしてて)」

そっか…今日、初日はグレイス校周辺散策とか書かれてあった。

「(どうもありがとうございます。面白そうですね)」

このジョゼフを前にすると、緊張するのか、花月や悠里、森下は笑顔で頷くのが精一杯だ。ゆえについ俺が代表で答えてしまう——しかもなぜかやたら敬語を使って。

「(あ…でも、この深い霧の中、町を歩いても大丈夫でしょうか…。傘《かさ》とか必要ですよね)」

食堂から見える外の景色は相変わらず、濃霧に覆《おお》われている。

「(大丈夫だよ。君たちが朝食を終えて、そうだな…食後のコーヒーを飲み干した頃に、また青空が顔を出すよ。霧は朝早く現れて、だいたい九時か十時か…遅くても十一時頃には消えてしまうんだ。これがサン・フランシスコの天気だからね)」

ブルー・グレイの美しい目でそう教えてくれた。

「(ほら、聞こえるかな。遠くで音がしてるでしょ?)」

ジョゼフはそう言うが…?　何のことだ?　何を言いたいんだ?

「あっ、涼ちゃん、聞こえるよっ、あれ何の音っ?　低くブ――ッ、ボ――ッって響いてるっ!　実は僕、朝からずっとあの音なんだろうって思ってたんだ」

悠里の言う通りだ。何かが低く町中に轟《とどろ》いている。サイレンにしては穏やかな音だ。

「まるで船の出帆《しゅっぱん》の音みたいですね…」

花月が俺に日本語で囁くと。

「(そうだよ、えっと、君、友好大使のナチ…だよね…?　あれは『フネ』。船の音だよ。霧《む》笛《てき》を鳴らしてるんだ。こんなに霧が深いと、サン・フランシスコ湾内に入って来た船同士が衝突して危ないだろ?　だから霧笛を鳴らして警告を発してるんだ。あの音も霧の日のサン・フランシスコの名物なんだよ。聞き慣《な》れてくると風情《ふぜい》があっていいよ)」

この人すごい、もう花月の名を覚えている。

それに、今確か、『船』って言った花月の日本語をキャッチしてた。

「(ジョゼフ、君、日本語がわかるんだね)」

俺はすぐに尋ねていた。

「(あ…いや…わかるだなんて…。ほんのちょっとだけだよ。ほら、毎年夏には秀麗のみんながうちの学校に来てくれるし…少しは勉強しておかないと、恥ずかしいと思って)」

ジョゼフは少し照れた顔をしていた。こういう何でもパーフェクトにこなせそうな人でも照れることがあるのか。

「(そんなことはないよ。ジョーの日本語はなかなかのもんだよ)」

俺らの後にやって来たのは、ジョゼフの友人らしき人物だった。その彼が俺らの会話に入ってくる。背が高く、大人びて、ちょっとワルぶって見える。薄茶の瞳。金髪交じりの薄茶の髪。眉の形がよく、睫毛がすうっと長い。女のコにモテそうだ。コーデュロイのズボンに、真っ白なワイシャツ。ワイシャツはズボンから出してしまっている。

「(初めまして。俺はサミュエル・エバンス。サマー・スクールの課外授業を担当してるんだよ。学園を一歩出たところのレクリエーションだったら、俺に任せて。ご要望さえあれば、消灯後の脱出だって可能だからさ)」

ってことは、いわゆる黒田先生が心配しているところの、羽目を外す行動のお手伝いもしてくれるっていうことか…。いかにもアメリカ人らしい彼だ。

生徒の全員が全員、ジョゼフのように、ピカピカのパワー・エリートってわけでもないんだ。こういう人は肩がこらなくていい。

「あのさ不破くん、この人って、えらい人なのかな。課外授業担当とか言ってたけど、それってなんか特別なレッスンをするってこと？　僕、なんか今イチ、英語がよく聞き取れなか

ったんだ」

森下は混乱している。

「いや…そうじゃなくて、たぶん彼は色々とイケナイことも教えてくれるって、言ってるみたいだ…。面白そうな人だよ…」

「(だめだよサミー、何言ってるんだよ…。また去年みたいに、夜、秀麗のコたちを大量脱出させて、ツイン・ピークスでお別れどんちゃんパーティーだなんて、今度こそ退学になるからな)」

ジョゼフがサミュエルを窘《たしな》めている。しかしもちろん本気で怒っているわけではない。

「(大丈夫、大丈夫、もうそんなハデなことはしないって。あの校長に代わってから、この学園も厳しくなったし、P・Jみたいにここをおん出されたら堪《たま》らないし…)」

えっ…今、P・Jって言った、この人——。

「(あの、ちょっと失礼、少し伺ってもよろしいですか？　そのP・Jって方は、どうしてここを退学になられたのでしょう)」

昨夜《ゆうべ》の事情を俺から聞いている花月が、すぐにP・Jという言葉に反応し尋ねていた。

「(えっ…君、どうして、そんなことを知りたいの？　P・Jのことを知ってるの？)」

逆に尋ねてきたのは、ジョゼフの方だった。

「(いえ、実はこの不破が、昨日、そのP・Jにわざわざ英和辞書を貸して頂きましてね。

実は、ツイン・ピークスの上で彼に会ったんです。このグレイス校に来る途中で——)」

花月は俺のポケットに入っている辞書を指さした。

「(ホントだ…それってP・Jの辞書だ…。君ら…昨日、ツイン・ピークスでP・Jに会ったの？　彼…そんなところに行ってたんだ…)」

ジョゼフが突然、呆然とした顔になってしまう。

花月は自分がひょっとしてとんでもないことを尋ねてしまったのでは、と焦《あせ》ってしまう。

「(すみません、私、込み入った事情も知らずに、ずけずけと訊いてしまって)」

「(違うよナチ、気にしないで…そういうわけじゃないんだ…。あ、ごめんね、引き留めたりして…君たちおなかが空いてるだろ？　えっと、朝食はバイキング形式だから、カウンターで好きなものを給仕してもらって。トレイはそこにあるからね。席はご自由に)」

ジョゼフは必死に話題を変えようとしていた。

「(ドモありがと。僕ら、今、ウルトラ空腹アルヨ。まだまだ育ち盛り、アメリカの朝食、ミンナ大好きネ)」

悠里も必死に笑顔でこの雰囲気を変えようと会話していた。

「(あのさあ、おチビちゃん、君って、日本人にしては、見た目なんか『西洋風だね』)」

サミュエルが悠里を見てくすっと笑っていた。

「えっ、涼ちゃん、今、この人僕に、You《ユー》 have《ハブ》 a《ア》 western《ウエスタン》 air《エア》.って言ったけど、それってどういう意味？　『西洋の空気を持ってる』ってことは、つまり西洋の雰囲気ってこと？　ってことは、僕の英語がなかなかイケてるってこと？」

ごめん、悠里…サミュエルは『見た目』がって言ってたから、たぶん悠里の真っ茶色の目とか、同じく茶色の髪とか、肌の色が透き通るように白くて綺麗だからとか、それを見て、少し外国の血に恵まれてるんじゃないかって、そういうことを訊いてたんだと思う…。

「ね、涼ちゃん、どーなの、僕の英語、オッケーってこと？　僕、褒められたの？」

「そ、そうだな。うん、そうだと思う。悠里の英語はなかなかイケてる…」

どうやら最初に、Hey《ヘイ》,kid《キッド》!（おチビちゃん）と呼ばれたことは、気づいてないみたいだ。知ったらその場でキレるだろうな…。

「(サンキュー、サミュエル。でも僕は実は心から日本男児ですっ。この、那智さま同様、人生怖いモノなし、いつでも捨て身ですからっ。あしからずっ)」

こういう話の内容になると、悠里は俄然《がぜん》、パーフェクトな英語になる。

そして最後の『あしからず』で、やや毒づいているところを見ると、おチビちゃんと言われたことは、どうもわかっていて、悔しかったみたいだ。

俺の友達はみな、どこか突き抜けていた。あるいは再びハイ・テンションだった。

心の懸け橋　～Bridge crossing our hearts～

あっと言う間に、最初の一週間は過ぎていった。

平日の午前中は各自、一時間半の授業を二つずつ受け、午後は自由研究、あるいはレクリエーションと思い思いの時間を楽しんでいた。

授業というのはそう堅苦しいものではなく、自分の興味のある分野を選択すればいいだけだ。授業内容そのものより、現地の先生や生徒と英語で話すことが、俺らにとって最大の勉強となる。

俺は『国際関係論』と『言語学』を選択している。語学には前々から興味があったが、言語学を学ぶことで、英語はもちろん、他のローマ字を使う言語の意味も少しわかり始めて、益々《ますます》面白くなっていった。

相棒の花月は、さすがに日舞の家元の息子だ。『クラシック・バレエ』の授業を受けている。西洋と東洋の踊りの違いを知りたいそうだ。それと毎日踊っていないと、体が硬くなって困るらしい。それゆえさっそくグレイス校の体操服を買って踊っていた。

そんな彼のもうひとつの選択授業は『犯罪心理学』だ。これもまた那智さまらしい。しかし悠里は『美術』。グレイス校の生徒に交じりながら、デッサン等を勉強している。それはそれでもの悠里の絵は、桁外れにうまいので、実際は教える方の立場に回っている。それはそれでもの、すごい英語の勉強になっているみたいだ。クラス中のみんなからミスター・サクライ（桜井先生）と呼ばれていた。その悠里が選択したもうひとつの授業は『料理』。アメリカ料理をひとつ覚えて、日本に帰ったら、俺にごちそうしてくれるという。今から楽しみだ。

森下は『サン・フランシスコの民族の歴史』と『自動車運転』を選択している。

森下はまだ十六だから、もちろん免許は取得できないけど、三週間で運転の仕方は一通り教えてもらえるそうだ。

そして俺はその森下から、毎夕食後、運転のノウハウを少しずつ教えてもらっている。俺も車には興味があるからだ。この一週間で俺は車の構造を覚えてしまった。三週間もすれば、少しは運転できるかもしれない。

他にもまだまだ面白いクラスがある。例えばオーケストラ、コンピューター、スピーチ、スペイン語、比較教育論、手話、空手、柔道、日米比較文学、演劇、政治経済などなど…。もう数え切れないくらいの授業がある。クラスはどれもが小人数制なので、発言も頻繁《ひんぱん》に求められるし、意見交換は活発だ。それゆえすぐにグレイス校のみんなとも打ち解けた。

そしてアメリカに来て最初の金、土、日には、レイク・タホという湖へキャンプに出かけた。場所はカリフォルニアとネバダの州境。サン・フランシスコからバスで約五時間のところだ。鬱蒼《うっそう》とした森の中に、深い藍色《あいいろ》のそれはそれは美しい湖があった。

俺たちはみんなで協力しながら、湖近くにテントを張り、釣《つり》をしたり、ハイキングに出かけたり——そして夜になると大バーベキュー・パーティーを開いて楽しんだ。

大自然を余すところなく満喫した週末だった。

日本にいた頃は、静岡の御前崎《おまえざき》や、栃木の日光《にっこう》にしか遠足に行ったことのなかったこの俺が、いきなりシエラネバダ山脈の深い森にキャンプだなんて——自分でも笑ってしまう。

どうしても今、自分がアメリカにいることが信じられなくて、実際もうその土地にいるのに、信じられなくて、俺は三日間のキャンプの間中、何度も何度も、これは夢じゃないだろうかと疑ってかかっていたほどだ。そのくらい楽しかったのだ——。

＊

「やったね、涼ちゃん、とうとう初の外出ＤＡＹ《デイ》到来だよっ！」

そのサマー・スクールが一週間過ぎた月曜日の午後、そろそろサン・フランシスコにも慣れてきたということで、グループ外出の許可が下りていた。

悠里は早速私服に着替え、デイパックにカメラやら財布やらバスの路線図などをほうり込んでいる。何だか可愛いパーカーまでかぶっている。

実はこの自由外出というのも、サマー・スクールのカリキュラムの一環である。

日本人の生徒だけで、どれだけ町を散策できるかという、ある種の英語力テストのようなものだった。もちろん出かける前に、各グループ、行動予定表を学校側に提出して、スケジュールに無理がないか、危険がないかを細々とチェックしてもらっている。

「それでは不破、本日はよろしくお願いしますね…。今日の私はおとなしく不破について行くつもりですから」

花月はカッコいい黒の革の上下を着て、サングラスまでしている。

この那智さまはバレエのクラスで人気があって、みんなからNACHI《ナ チ》 THE《ジ》 EYE《アイ》 KILLER《キラー》（目で殺す那智さま）とか呼ばれている。涼やかな目が、いいらしい。

その花月に合わせたわけではないが、俺も黒のジーンズに黒のジージャンを着ている。また寒くなると嫌なので、ジージャンの下も長袖だ。

「花月くんも相当格好いいけど、不破くんって、ただジーパンをはいただけなのに、えらく研《と》ぎ澄まされてるよね。これで学年一番っていうのは、何か世の中偏《かたよ》ってるカンジがするよ。普通頭がいいと、顔やスタイルはダサダサなのがこの世の定説なんだよ」

「何言ってるんだ、森下…。俺が今はいてるのは、見切り処分一本一五八〇円の品をさらに閉店セールまで待って、九百八十円になったところで握りしめたジーンズなんだ…。こんな地味な生活をしている俺をそんなふうに言わないでくれ…逆に…辛《つら》い…」

「森下くん――、実は不破本人はご存じないですけど、彼のこのブラック・ジーンズはリーバイスです。アウトレットのものなのでタグが切り取られていますが、間違いありません。細くて股下《またした》が長すぎて、日本人の体には到底合わなくて、閉店セールまで売れ残ってしまった一品です。言わば不破の体は、外人モデル体形そのものなんです。ゆえにこのジーンズをはいた不破を研ぎ澄まされたと感じるあなたは、非常に鋭《するど》い涼ちゃんウォッチャーと言えるでしょう」

花月…また一人で熱く語りだしたが、そうか、これってリーバイスなのか…。だからこんなにはき心地がよかったのか…。花月は何でも知ってるんだな…。俺…すごくいい買い物をしてたんだ…。それならもっと胸を張ればよかった。

「でもこの不破なら、これがリーバイスじゃなくても、例えば無印良品だったとしても、あるいはダイエー・ブランド、イトーヨーカ堂さんの商品であったとしても、この彼が一度はけば、それはフランス製のオートクチュールに生まれ変わってしまうのです。それがこの不破涼の人徳なのですっ」

再び那智さまのテンションが上がりまくっている。

「花月…そんなに持ち上げてくれてありがと…。だけど、これから街に繰り出すわけだから、そんなに今からハイ・テンションだったら、後がバテルっていうか…俺はそれが心配だ」

「だって不破…私、平日の授業は不破とバラバラですし、こうやって久々に不破と一緒に外出できるのですから、テンションを下げるだなんて不可能です…」

…………。

「なっちゃん、僕、そのなっちゃんの気持ち、痛いほどわかるよ。涼ちゃんは日々、グレイス校の人気者になりつつあるしね。僕、週末のキャンプで、みんなに『あの鉄板で焼き鳥を焼いてるクール・ビューティーは君の友達?』とか『彼の趣味は何?』とか『あの彼、日本でトップ・モデルをやってるんだってね?』とか、次々と尋ねられたよ。『今度の自由外出日に僕の実家に招待したいけど、彼のスケジュールを訊いてくれるかな』っていう直球投げてくるコもいた。そういう時は、僕、悪いと思ったけど『ごめんなさい、ワタシ、英語ダメ、苦手、ヨクワカラナイ』とか言って、逃げてたんだ…」

「あの…みんな…そろそろ出発しないか…?　もう一時を回ってるし…。他のグループはもうみんな出かけちゃったみたいだし…廊下…静かだし…時間…もったいないし…」

俺は話題の転換を試みる。

「あっ、そ…そうだね、ごめんんね、涼ちゃん。僕…またわけのわからない話で、時間潰《つぶ》してたね」

悠里が慌ててデイパックを背負う。

「じゃあ行こうか。なんか今日も楽しくなりそうだな……」

みんなの顔を見て、俺は思わず笑みが零《こぼ》れてしまった。

本当に毎日こんなに楽しくていいんだろうか。それこそ一生分の幸せを費やしてしまうのではないかと、俺はふと不安になった。


……大丈夫よ、涼……思い切り楽しんでらっしゃい……


すると不思議だがどこかから、俺の母親がくすくす笑っているような声が聞こえた。

俺はまた笑顔になって、みんなと街へ繰り出していった。

＊

まず目指したのは、ゴールデン・ゲート・ブリッジが間近で見える海の近くにある、エクスプロラトリウムという科学博物館だった。

バスを乗り継ぎ乗り継ぎ、運転手さんや乗客の人、あるいは町の人に尋ねまくりながら、ようやくそこにたどり着いた時は、みんなで拍手してしまった。

博物館はプレシディオの森にほど近い、高級住宅街にあるひっそりとした美しい公園の中にあった。そこでは、実際に展示物を触ったり動かしたりでき、俺たちは小学生の頃を思い出すような科学の実験に夢中になった。

さんざんそこで遊んだ後、俺らは近くのビーチに下りて行って腰を下ろすと、間近に見えるゴールデン・ゲート・ブリッジを眺めていた。真夏の八月だというのに、海の水は凍るように冷たく、誰も泳ぐことはできない。アラスカから下りてくる寒流のせいだ。

この静かなビーチから眺めたゴールデン・ゲートが、俺のアパートにある版画の構図と一番よく似ていることに気がつく。版画はヒロ・ヤマガタという有名な人の作品で、昨年、サン・フランシスコに行き損なった俺のために、田崎のお父さんが探してきてくれたものだ。

俺はそれを自分の文机《ふづくえ》の前に飾り、毎日毎日眺めていたんだ――。

いつかきっとこの町に行けるって。頑張れば必ず行けるって、そう思ってた。

本当に夢が叶《かな》ってしまったことに気づいてしまう――。

そして今、俺は飽《あ》きるほど本物のゴールデン・ゲート・ブリッジを眺め、写真もたくさん撮って、心の中にもこの情景を焼きつけていた。一生、忘れたくない眺めである。

田崎のお父さんがいて、花月がいて、悠里、森下、そして来夏さんがいて…ナイト・クラブのママがいて…俺はなんて大勢の人に助けられてきたのだろうと思う…。

みんなに出逢わなかったら、俺はこの国に来ることはできなかった。それどころか、秀麗だって通えてたかどうかわからない、薄氷《はくひょう》の上を歩くような毎日だった。

怪我したり、病気したり…自暴自棄になったり…。

そんな時、いつだってこのみんなに助けられてきたのだ…。

俺の母親は早くに亡くなってしまって、それはとても悲しい事実で、思い出すと今も悲しくなるけど——そして加えて日々の不安は相変わらず尽きることがないけれど。

みんなに出逢えて、俺は本当に幸せだと思う。

そんなことを思うと、ふとまた涙が零れそうになる——。

「えっと、次はギラデリ・スクエアのチョコレート工場だよねっ。なっちゃんが一番行きたかったところだよ。みんなで虫歯になるくらいに、チョコレートをかじろうねっ」

ゆっくりとビーチを後にして、すぐ近くの住宅街で30番のバスを待っていると、悠里が元気よくそう言った。俺がさっきからずっと言葉少なになっていることに気づいて、わざと明るく振る舞ってくれた。

俺はゴールデン・ゲートを見た時から、胸が一杯で、何も言えなくなっていたのだ。

ここにいる友達にどう感謝していいのかわからなかった。

「不破。ギラデリ・スクエアのチョコレートと言ったら、サン・フランシスコの名物です。あそこにカフェがありますから、ガーンと一発、お茶しましょうね」

花月も陽気に俺の肩をぽんと叩く。

しかし、びっくりしたのはこの後だった。

「あのさ…不破くん…僕…ホントに…ありがとう…」

俺たち以外には誰もいないひっそりとしたバス停で、森下がいきなり目に涙を溜《た》めてそう言ったのだ。

「不破くんが…僕に道路工事のバイトを紹介してくれなかったら、僕…今頃、ここにはいなかったと思う…。それどころか先学期、僕は秀麗を退《や》めようとさえ思ってたんだ…。もう奨学金ももらえないと思って、自信がなくなって…。二学期から公立校に編入しようと思ってたんだ…。でも、不破くんが励ましてくれたから…僕、頑張れたっていうか…力が湧いてきて…。ホント…ありがと…」

ぼろぼろ涙を零し始めた。

お礼を言いたいのは、この俺なのに――。

「ここさ…亡くなった父さんの故郷だから…ここに来てからずっと…僕、父さんがすぐ側にいるような気がしてさ…。小さい時に父さんが話してくれた景色がそのままあって…。さっきゴールデン・ゲートを間近に見た時、僕、胸が詰まっちゃって…。ごめんね、こんなに楽しくて、幸せなのに、涙が出ちゃって…」

そう言って、セーターの袖《そで》でごしごし目を擦っていた。

それを見た悠里の瞳も、みるみる涙で一杯になる。

「葉ちゃん、僕だってそうだよ。さっきのゴールデン・ゲート、僕、涼ちゃんちの版画でいつも見ててね、でも自分は絶対そんな遠くの国に、しかも三週間も行けるわけがないって思ってた。だけど涼ちゃんとなっちゃんとつきあっていくうちに、なんかどんどん元気になっていって…ここにいるのは、本当は奇跡みたいなことなんだ…。だから毎朝、寮で起きる度、やっぱりこれって夢なんじゃないかって思ってるくらいなんだよ」

悠里も思わず、わあっと泣いてしまう。

なんだ…そうだったのか…みんな俺と同じ気持ちだったんだ…。

「今の私は、三人まとめて、ぎゅーっとしてあげたい気持ちです…。こんな気持ちの優しい素敵な友達を持っている私はとても幸せですね…。胸が痛くなるほどです。やはりここに来てよかったとしみじみ思います…」

花月もうっすら涙を浮かべながら、優しくそう言った。

ひっそりと静まり返る閑静な住宅街の中、路線バスがカタカタ電線を鳴らしながらやって来た。

俺たちはようやく笑顔に戻ると、チョコレート工場へと向かって行った。

＊

「じゃあさ、まだまだ時間もあることだし、その日本街に行ってみようか。ここからそう遠くないみたいだし。えっと…バスを一回乗り継ぐだけだよね…楽勝だね」

悠里はそう言って、幸せそうにスプーンを口にくわえていた。

俺らはギラデリ・スクエアのチョコレート工場跡地にあるカフェの中で、恐ろしいほど大きなサンデーを二人で一つずつ食べながら、次の計画を練っていた。（『ギラデリの世界的に有名なホット・ファッジ・サンデー』とかいうヤツだ…。『ゴールデン・ゲートと同じくらいに有名で、サン・フランシスコの霧のように濃密な』という謳《うた》い文句にひかれてしまった…。しかし、四人で一つでもいいくらいに、中身が濃い…）しかし悠里は大感激している。

俺たちの本日の予定は、先程の科学博物館とビーチとゴールデン・ゲート・ブリッジ。そしてこのギラデリ・スクエアのチョコレート工場だったのだが、寮への帰宅時間の七時までに二時間以上も余裕がある。

ゆえにあともう一か所、どこかに行ってみることにしたのだ。やはりサン・フランシスコは小さな町だ。かつバス路線が充実しているので、短時間であっちこっちに移動できる。

日本街に行くというのは森下のアイディアだった。父親が昔よく遊んでいたというその街を是非見てみたいというので、意見はすぐにまとまった。

世界大戦前、日本から移住した人々がどうやってサン・フランシスコで生きてきたかを知るには、日本街が一番わかりやすいだろう。中々面白い選択だと思った。

「じゃ、私、ここを出発する前に、お土産のチョコレートを買っていってもよろしいでしょうか。このカフェに売店がありますので」

家のお弟子《でし》さんたちに頼まれてきたチョコレートを買おうと、花月が立ち上がった。

「あ、花月くん、ギラデリのチョコレートだったら、町中のスーパーでも売ってるし、値段はそっちの方が断然安いから、ここじゃない方がいいよ。モノはまったく同じだからね。そうだ、後でスーパーにも寄ってみようか？　ウルグリーンズとかセーフウェイがこの土地の大手スーパーで品揃えも豊富なんだって」

森下がまたまたものすごく得する情報を教えてくれる。俺はつくづく自分はすごい友達に恵まれていることに気がつく…。森下は間違いなくやり手だ。


その時、再び那智さまは思った——。

森下クン…あなたはまたまた不破の心をぎゅっとわし摑んでますね…。あなたのそのお得な情報網、できれば私も一から学ばせて頂きたい…。温和で長閑《のどか》な性格のあなたですけど、押さえるところは押さえ、ツボは絶対外さない…。かなりの凄腕《すごうで》と見ました…。

そして那智さまは己の不備を改めて反省するのであった。

常に自分に厳しい未来の家元候補である——。

「なっちゃん、どうしたのっ。呆然と立ち尽くしたりして…。ほら、まだサンデー残ってるんだから、綺麗に食べてから次に移動しようよ。せっかくだしね」

悠里が花月のジャケットを引っ張り、再び友人を席に座らせる。

俺、不破涼は、花月の口にファッジ・ソースのたっぷりかかったバニラ・アイスを運んでゆく。あ…食べた…。

「不破に食べさせて頂くなんて…うう…この花月、やはり幸せ者ですね…。本当につくづく、サン・フランシスコに来てよかったと思います」

あっ…うっすらと涙まで浮かべて…こんなことぐらいで大袈裟な…。

本当は誰にもなつかない性格なのに、俺たちにだけはかなり心を開いている。

俺は田崎のお父さんが買ってくれたカメラを取り出し、腕を遠くに掲げると、四人が入る位置を考え、シャッター・ボタンに手をかけた。

「じゃ、四人――できるだけくっついて。いい？　俺、シャッター切るからな。せーの」

テーブルを挟み、食べかけのサンデーも一緒に、四人一緒の写真を撮った。

何だかみんながえらく幸せそうな顔をしているのに気づいたからだ。

想い出のショットは次々と増えてゆく――。

真実の行方《ゆくえ》　～The truth～

「ひゃー、落ち着くね…なんかこう我が家に帰った気分だよ…」

パリパリと醤油煎餅《しょうゆせんべい》をかじりながら歩いているのは悠里である。

ギラデリ・スクエアからバスに乗り、到着した先が日本街である。さして困難もなく、二十分足らずで目的地に着いた。そこにはシンボルの五重の塔あり、歌舞伎劇場《シアター》あり、日本の映画は上映されている、日本の書籍・雑誌がずらりと揃っている大きな紀伊國屋書店もあり、と、サン・フランシスコに住む約一万二千人の日本人、あるいは日系人の憩《いこ》いの場となっている。俺たちはそこのジャパン・センターという建物内を散策していた。

そこでいきなり買ってしまったのが、醤油味たっぷりの草加《そうか》煎餅である。

みんなやや日本食が恋しくなってきたところだった。

「お煎餅なんかを食べてしまってはいけませんね…それが呼び水となって、うどんが食べたい、ソバをすすりたい、梅干しのオニギリが欲しい、ああ…お寿司…なっとう…卵焼き…サンマの塩焼き…アジフライ…なんか私たち非常に食生活的にホーム・シックにかかる場所に来てしまったと思いませんか…？」

花月も渡された煎餅がパリパリと止まらなくなっている…。

「あのさあ不破くん…センター一階に回転寿司があるの、見た？」

森下がごくっと喉を鳴らしている…。行きたいということなのだな…。

みんなそんなに…日本食が恋しかったのか…。俺は毎日東京で自炊しているから、ここに来て当たり前のように出してもらえる、寮の三食が嬉しくてありがたくてしようがない。三度三度、パンに肉＆ジャガイモ、コーヒーでも全然オッケーだ。だって何も準備しなくても、さっと食べさせてもらえるんだぞ…。しかもおいしい。こんな贅沢ってない。この上、日本食が食べたいなんて思ったら、バチが当たりそうだ。

「でももう六時近いし…そろそろ寮に帰らないといけないし…やっぱりダメだよね」

森下は自分で言いながら、肩を落としてしまう。

「不破くん…一階の回転寿司って明朗会計なんだって…ホテルの和食屋さんは僕ら高校生ごときが行けるような値段じゃないけど、ここの回転寿司だったらたぶん大丈夫だよ。時価、なんて言わないから…」

いや、森下…俺はベツに値段のことはどうでもいいが…。

「じゃあ回転寿司だったら、そんなに時間もかからないだろうし、さっと行ってぱっと食べて帰ればいいか…？」

俺は三人に尋ねてみた。

「ホントっ、涼ちゃん、いいのっ？　あのね、実は下の回転寿司、ベルトコンベアの代わりに、小舟が目の前の水路を流れていくシステムなんだって！　ほら、ガイドブックにも書いてあるよっ」

悠里は俄然元気になって、煎餅をくわえながら、その店が掲載されている本を俺の目の前に突き出す。

「じゃあ、そうと決まれば行ってみようか…。俺もそういえば、急にアジとかイワシの青い魚のお寿司が食べたくなってきた…」

「涼ちゃんっ、私は卵ですっ。それとカッパ巻きですっ。よろしくお願いしますねっ」

花月…いいところの坊ちゃんなのに、安上がりすぎるな…。

「僕はねっ、イカとタコと…イカとタコと…イカとタコっ…！」

軟体動物がそんなに好きだったのか…。知らなかったぞ、悠里…。

「わあ…なんかすごく嬉しいなあ…ジャパン・センターで回転寿司かあ…」

森下…俺ら当初の目的から大きく外れていないか…？　確かここはお前のお父さんの好きな町で、俺たちは日系の移民の人たちの歴史を探求するとかなんとか…。そんな目的で来たんじゃなかったのか…？

しかし、その数分後、俺たちは肩を落として、ジャパン・センターを去ることになっていた。これからバスに乗って、すごすご寮へ帰るところである。

「な、三人とも元気だせよ…また、外出日に来ればいいじゃないか…なんだったら来週、また来てみようか？」

俺は日本食ホーム・シックにかかっている友人らを励ましていた。

行く予定だった回転寿司店はサン・フランシスコでも大人気なのか、店の前には現地のアメリカ人で長蛇の列ができていた。六時を過ぎて、ディナータイムに入ったということもある。とても並んで待つ余裕はない。

「そうだね…また来ればいいよね…それにさっきおいしいお煎餅も食べたし、僕、もう大丈夫だよ。ごめんね、暗い顔見せちゃって」

悠里はガイドブックをデイパックにぎゅうぎゅう押し込んでいる。

「あっ、ほらっ！　あそこにお寿司屋さんがあるじゃないか。テイクアウトって書いてあるから、一折り買って、寮でみんなで食べようか？」

ジャパン・センターの前に見えた、救世主のようなお店を俺は指さした。

「不破っ、お気を遣わしてしまって申し訳ありませんっ！　この花月、感激ですっ」

ぎゅうー。

サン・フランシスコ市内にいるせいか、さすがの花月も全身でもって抱きついてきたりはしない。ただ俺の腕をぎゅうぎゅう摑んで、ひっそりと喜びを表している。

そしてそのアイディアは大正解で、今、俺は、みんなのお寿司を一折り、片手にブラブラさせて持っている。しかも値段はさほど高くもなかった。

「さあ、寮に帰りましょうね♥　いいお土産ができました」

花月が鼻歌まじりにバス路線を調べてくれる。

「えっと、あのさ、どうせならその前にこのお寿司屋さんの前で、感激のショットを一枚撮っておこうよ」

悠里はそう言い、再びデイパックを開けると、立派なカメラを取り出した。

「えっと、誰かいないかなあ…シャッターを押してくれる人」

しばらくしてやって来たのは、現地の少年三人だった。日系人ではなく、二人は南米系、あとの一人はアフリカ系アメリカ人だ。

ガムをくちゃくちゃさせながら、陽気に歌ったり踊ったりしている。いかにも今時のアメリカのコたちらしい。話す声も、体つきも大きい。やや威圧感がある。

「えっと、涼ちゃん…どうしようか…お願いしてみようか…」

悠里が一瞬ためらいながら、自分のカメラを指さした。

たぶん…大丈夫だと思うが…。俺は悠里に目で頷いた。

「あの…えっと…エクスキューズミー…」

悠里がにっこり笑って彼らに声をかけた。

「(何？　写真撮って欲しいの？　四人一緒のところ…？)」

一人のアフリカ系アメリカ人が、すぐに察してそう言ってくれた。

「イエース、イエース、ザッツ　ライト。プリーズ」

悠里は早速カメラを彼に手渡していた。

「(それだったらジャパン・センターの五重の塔が入った方がいいよな？　君らもっとバック、バック、ゴーイングバック)」

言われる通りに、俺らは後ずさって行く。二十メートルも離れただろうか——その時。

その三人が何やら話すと、いきなり背を向けて走りだしたのだ。

「ひゃーっ！　涼ちゃんっ、あのコたちカメラ持ってっちゃったよっ！」

やられたっ！　よくガイドブックで、写真を撮ってもらおうとカメラを渡したら、そのまま持って逃げられたという被害を読んだことがあるが、まさか俺らがそんな目に遭《あ》うなんて、夢にも思わなかった。

俺は寿司折りを悠里に渡し、全力で追いかけ始めた。

当然、俺の隣で猛ダッシュしているのは花月である。

三人の少年は走る走る、日本街の裏手にある大通りに向かって逃げて行った。

しかしこっちも足が速いので、その差は徐々に縮まってはゆくが、その大通りの表示が、Geary《ゲアリー》だと気づいたとたん、俺はふと嫌な気持ちになる。

実は日本街は決して治安のいい場所にあるわけではなかった。

日本街の中をうろうろしている分にはそれほど問題ないのだが、日本街のすぐ裏のゲアリー通りから南は、いきなり治安が悪くなるウエスタン・エディションという危険エリアだ。絶対足を踏み入れてはいけないと、ガイドブックに書いてあったことを思い出していた。

しかし三人組はちょうど青信号になったその大通りを、急いで渡って逃げてゆく。

俺と花月は、信号が赤へと点滅し始めているにも拘《かかわ》らず、やはり——ゲアリーを渡ってしまった。危険地帯へと一歩入り込んでしまったのだ。

しかし俺らは、追跡をやめない。そんなことできない。ここまで追い詰めたのだ。そしてその不気味なウエスタン・エディションの奥地へと入り込んでゆく。

三人は体が大きくやや太りぎみのせいか、バテてきたのか、足に疲れがでて、俺らはとうとう追いついてしまった。

俺はまず悠里のカメラを持って逃げたアフリカ系アメリカ人の襟首《えりくび》を摑んだ！

散々取っ組み合いになりながらも、なんとかカメラを奪回する。花月が加勢してくれたから難無く取り戻せた。しかし前を走って行った南米系の二人が、それに気づいて即座に舞い戻って来ると、またカメラを奪おうと、俺らに容赦なく殴りかかり始めた。

が、そんなことくらいで参る俺たちじゃない。俺は悠里のカメラをしっかりと首からかけると、二対三の大乱闘が始まった。

しばらく俺らは一見、優勢だった。しかし時間が経つにつれ、さらなる地獄を呼び寄せていたことに気がつく。

ウエスタン・エディションに踏み込んでいる俺たちは、また別の暴漢の餌食《えじき》となっていたのだ。気がつくと三人の仲間なのか、どこからかわらわらと現れて、俺と花月を取り囲んでしまった。今まで戦ったことのない背筋のぞっとするような顔触れがそこにいた。

「不破…どうします…」

「どうするって…もう逃げるに逃げられないだろう…やるしかない…」

「あっちは…合計…六、七人…ですね…」

花月もとうに覚悟を決めているようだ。

「向こうが銃を持ってたら相当ヤバイけど、とにかく戦ってみよう。戦いは数じゃない。勝つと思って戦うんだ。今、それしか方法はない」

そんなことはたぶん百も承知の花月の目が、一際険しくなる。

俺も全身に神経を張り巡らせる。誰がどこからかかってきてもいいように、だ。

俺らのその尋常でない気迫がわかったのか、暴漢たちは容易にかかってきたりはしない。

しかしその中でもいかにも腕っ節の強そうな、腕に入れ墨《いれずみ》までしている巨漢の少年——これ

もアフリカ系アメリカ人だ——が大声を出しながら、まず花月に飛びかかっていった。

それを皮きりに次々と暴徒が俺らを襲ってくる。

とんでもない騒ぎになってしまった。なんでこんなことになってしまったんだろう。

俺らは少し浮かれ過ぎていたかもしれない。気が緩《ゆる》んでいた。ここが日本ではなく、犯罪率の高いアメリカだということを忘れていた。しかし今頃反省したって、もう遅い。

でも二対七なんて、なんてことはない…。前に俺は…一対五で戦ったことがあるんだ…。モデル時代の皇が街で男らに絡まれて…。俺はあの時…次々と五人を倒していったじゃないか——。しかし本物のアメリカのワルは、普通じゃなかった。俺たち…もしかしてやられるかもしれない…。戦いながら、一瞬不安がよぎった…。

「涼ちゃんっ、早くこれに乗ってっ!」

と、その時いきなり乱闘場に乗り入れてきたのは、おんぼろの日本製のダットサンだった。

車のバックシートに座っているのは悠里だ。森下も隣にいる。えっ⁉ 運転しているのは…ツイン・ピークスの丘で出会った少年——P・Jじゃないか!

「(君らっ、早く乗るんだっ! 急いでっ!)」

P・Jが車から降りてきて、俺と花月を大声で呼ぶ。

しかしあろうことか、暴漢の一人がすぐにP・Jに近づいてゆき、乱暴なアッパー・カットを加えてしまった。とんでもないことになってしまった——。

このままじゃ悠里や森下までこの騒ぎに巻き込まれてしまう。心臓の悪い悠里に何事かあったら、もうおしまいだ…。ぐずぐずしてられない…。

俺と花月の中で、いつものように何かがキレる音がした。

それからはもうよく覚えていない。ただ体だけは、野生動物のようによく動いていた…。

P・Jもただ者ではなかった。俺ら同様、やられてもやられても全力で戦い抜いてくれた。

こんな…見ず知らずの俺たちのために…。

＊

「涼ちゃんっ、なっちゃん、ごめんねっ、僕があんなカメラごときで大騒ぎするからっ！」

P・Jの車の中、悠里がずっと大泣きしている。

「悠里、全然大丈夫だよ…ほら、カメラも無事戻ったし…みんな命はあるみたいだし」

殴られたところが、じわじわ痛むが、まあ軽症だとみなそう。

「そうですよ悠里、泣くようなことじゃありません。これはホンの厄《やく》落としです。この程度ですんでよかったじゃないですか。ほら私たち、今年のはじめロンドンに行った時に、真冬のテームズ河に飛び込んで、溺《おぼ》れて死ぬところだったのですよ。それにくらべたらこんなのお遊びに過ぎませんよ。ふふふ…」

花月はゼンゼン平気で、逆に生き生きして見える。さすがに仕事人だ。

「ごめんね…不破くん…花月くん…僕、何の力にもなれなくて…なんか全然、出る幕がなかったよ…」

森下はしょんぼりするが、そんなことはなかった。森下はP・Jが巻き込まれた後すぐに車から飛び出して来て、俺らの力になってくれたんだ。あれは心強かった。

そしてなんと悠里は悠里で、携帯式の催涙スプレーを持っていて、それを暴漢に次々と吹きかけていた。日本で売っている痴漢《ちかん》防止用品のひとつである。それが結構、利いたのだ。

「(紀伊國屋に本を買いに行って、さて通りに駐車した車に戻ろうと思ったら、君らが三人の少年を必死の形相《ぎょうそう》で追いかけて行くじゃないか…。これは何事かあったなと思って、すぐに車をUターンさせて追って行くところで、ゲアリーの赤信号で足止めを食ってしまったこの二人を拾ったんだよ…。そしてウエスタン・エディションに踏み込んだんだ…)」

運転しながらP・Jはバック・シートに座る森下と悠里の様子を見ていた。

「(でもよかったよ…今回はたまたま大事に至らなかったけど…あの中の誰かが銃を持ってたらどうしようかと思ったよ。アメリカではね、物を盗《と》られても取り返そうだなんて考えちゃだめだ。命があるだけ、ありがたいんだから…)」

P・Jはそう言って、深いため息をついた。

「(ホントに…すみません…それはわかっていたつもりなんだけど…つい…)」

いつものクセで、どうしてもそのままにしておけなくなる。それは花月も同じだった。

「(助けて頂いて、ありがとうございました…)」

助手席の俺は、平謝りに謝る。と、この時俺は、それまでの乱闘で余りにも気が動転していて、すっかり忘れていたが、このP・Jにものすごい恩があることを思い出していた。

「(そうだ、P・J。辞書…。俺のためにわざわざ辞書をグレイス校まで持って来てくれて、本当にどうもありがとう。お礼も言ってなかった…ごめんなさい。でもすごく役だってます。辞書がなかったら、俺、授業がゼンゼンわからなかったし、つまらなかったと思う)」

「(君…僕の名前…もう知ってるんだ…)」

P・Jはその美しいアイス・グリーンの瞳をふっと曇らせた。

「(俺は涼って言います。不破涼です。後ろにいる髪の長い彼が那智。花月那智です。大泣きしていたのが悠里。桜井悠里。そしてその横にいるのが葉、森下葉。涼と那智と悠里と葉です)」

俺はみんなをファースト・ネームで紹介していた。

「(リョウと…ナチと…ユーリと…ヨウ、だね)」

P・Jはしっかりと記憶してゆく。

「(それよりごめんね…僕、グレイス校の生徒だったこと隠してて…。六月に退学になっちゃったんだ…不本意だけど…もう知ってるよね…)」

P・Jがぽつりぽつりと告白する。

「(でも…退学って…どうして…?)」

この人が何か悪いことをしたとはとても思えない。

「(グレイス校の今の校長は、今年になって赴任してきたんだけど、その人が厳しくてさ。五月のもう学年度も終わろうかという時に、いきなりロッカーの抜き打ち検査を行うとか言い出してきたんだ)」

「(それでどうして…退学に…?)」

「(僕のロッカーから覚醒剤《かくせいざい》の粉が出てきた。三袋も四袋も…)」

「(出てきたって…それ、あなたのですかっ?)」

花月は驚き、問い返してしまう。

「(僕は覚醒剤なんて絶対やらない。第一、そんなものを買うお金、持っているわけがない。僕はグレイス校では奨学生だったんだ。学園や寮の仕事をさせてもらって、学校に通っていたような身分だ。そんな僕がどうやって、覚醒剤に手を出す?)」

「(じゃあなんで言われるままに学園を退《や》めたりしたんです。その覚醒剤はあなたのものじゃないのでしょう?)」

花月は半分怒りながらP・Jを問い詰める。

「(ロッカーには…ちゃんと鍵《かぎ》をかけていたんだ…僕以外の誰もそれを開けられやしない。

だから誰かがそこに入れたということを僕は証明できない…。どんなに説明しても、校長先生は信じてくれなかった)」

あの校長…ひどい…どんなに教育論を語っても、一人の生徒を信じてやれなくて、何がパワー・エリートを養成する学校、だ。

「(でももういいんだ。ベツにグレイス校だけが、高校じゃないし。九月からは市内の公立高校へ行くことにしたんだ。ただね…)」

そう言いかけて、P・Jはすごく残念そうな顔をしていた。

「(ただ…どうしたの…P・J…?)」

悠里もその先が気になるのか、尋ねていた。

「(この夏、秀麗の君らと一緒に過ごせると思ってたから…それができなくなって…すごく残念でさ…。去年も君らの仲間と友達になれて、すごく楽しかったんだ。去年、秀麗のコたちが日本に帰る前夜、僕と友人数人で、仲良くなったコたちを寮から脱出させて、二、三台の車で、ツイン・ピークスまで上ったんだ。あそこは夜景が本当に綺麗でさ…。どうしても最後にそれを見せてあげたくて…。あの晩は楽しかったな…。それでこの間、ツイン・ピークスの上にいた秀麗の君たちを見かけた時、声をかけずにはいられなくなって…)」

あの丘はそういう想い出の場所だったのか…。

「(ツイン・ピークスには今でも気晴らしによく車で上るんだ…。あの丘に上って市内を一望すると、いつも何悩んでるんだ、もう前に進むしかないじゃないかって思う…）」

「（でもあなたは無実なのでしょう？　どうして諦めたりするんです。犯人はきっと他にいるはずですよ。むざむざ退学を受け入れるってことは、罪を認めたってことですよ）」

こういう理不尽《りふじん》なことが大嫌いな花月は、苛立《いらだ》ってしまう。

「（人間は…戦いたくても、戦えない時があるんだよ…）」

P・Jはそう言って、黙りこんでしまった。

この先は、俺らが容易に発言していい雰囲気ではない。

彼は彼なりに、何かを受け止め、それに耐えようとしていた。

「（それもまた…正義でしたら…私はその不実もまた甘んじて受けますが…。ごめんなさい、私、生意気なことばかり言って…）」

花月は残念そうに、謝ってしまう。

P・Jの車は、通い慣れた道を走るように、グレイス校へと向かって行った。

俺らのために、あちこち殴られ蹴られした、この勇気ある高校生が、覚醒剤なんて使うわけがなかった。そんなこと彼の目を見れば、誰もがわかることなのに。

P・J——Patrick《パトリック》 Jackson《ジャクソン》.

パトリックはアイルランドの守護聖人の名前と同じだった。

優等生　～The top student～

Ｐ・Ｊに寮まで送ってもらい、帰宅時間の七時にぎりぎり間に合うと、俺らはダッシュで自分らの部屋へと入ってしまった。あっちこっち殴られ蹴られ、泥まみれになり、とてもみんなに顔を合わせられるような姿じゃなかったからだ。

俺たち四人は順繰りにシャワーを浴び、洋服を着替え、こざっぱりしたところで、食堂へ向かった。晩ご飯は、ミートローフと温野菜のつけ合わせ、カボチャのスープ、ベークド・ポテト、パンはサン・フランシスコ名物のサワードゥ・ブレッド。このパンがまた独特の酸味があって、本当においしい。

先程の寿司折りは、お礼の意味も込めてＰ・Ｊにプレゼントしてしまった。日本食が大好きなのだそうだ。俺たちはサマー・スクールのうちに、もう一度会おうと約束した。電話番号も教えてもらった。どうしてもあのままで別れたくなかった。

「（おや、おチビちゃん、頬にひっかき傷があるじゃないか…。まるでどこかの野良猫と喧《けん》嘩《か》でもしてきたような顔だ。なんかあったの？）」

俺らのテーブルにやって来たのは、サミュエル・エバンス。サマー・スクールの課外授業担当の自称遊び人だ。午後のフリー・タイムはいつも、スポーツあるいは近所の買い物に、と秀麗の生徒の世話をしてくれている。

そして俺らに会う度に、悠里にちょっかいを出して遊んでいる。早速、食事の乗ったトレイを悠里の向かいに、でんと置いている。

「(サミュエル、悪いけどワタシ、ネコ大好きよ。ネコもワタシのこと大好きアルネ。だから、ケンカしない。涼ちゃんちのネコのキチとも大の仲良し)」

悠里はむっとしながら言い返してるが、確かに、先程の乱闘で催涙スプレーをかけた際に引っ掻《か》かれたその痕《あと》はなんだか痛々しい。肌の色が白い分、目立ってしまうのだ。

「(ホントだ。いったいどうしたのユーリ、頬に傷ができてるじゃないか。消毒した方がいいよ…校医さんのところに連れて行ってあげようか)」

サミュエルの隣に席を取るのは、優等生のジョゼフ・レノックスだ。心配そうな顔で悠里を見ている。さすがにサマー・スクールのリーダーは面倒見がいい。

「いいえっ…(そんな大袈裟です。ちょっと公園の木の枝で引っ掻いちゃって)」

悠里は賢明にごまかしたが、その努力を一から無にする人が現れた。

「(実は今日、私たちは日本街でいきなりカメラを強奪されましてね…暴漢三人を追いかけて行ったら、もっと大勢の悪い奴らがうじゃうじゃ出て来ちゃいまして…大乱闘です。でも危ないところを、たまたま日本街に来ていたP・Jに助けて頂きました)」

花月が顔色ひとつ変えずに、真実を告げる。

ジョゼフとサミュエルは一瞬言葉を失ってしまう。

「(君ら…また…P・Jに会ったのか…?)」

サミュエルは目を見開いている。

「(ええ、日本街の本屋さんに来ていたみたいです。P・Jは日本語を勉強してらっしゃるそうですね)」

花月は何かを探ろうとしていた。

「(そうなんだ…あいつ、第二外国語に日本語を取ってて…その実力は学校一で…。だから、今年のサマー・スクールのリーダーはP・Jに決まりで、あいつ自身もすごく喜んでいたのに。あんなバカなものに手を出すから…。君ら、どうせもうそのこと知ってるんだろ?)」

サミュエルは悔しそうな顔になった。

しかし俺はある確信を持っていた。P・Jと別れてから気づいたことだ。

「(俺ら今日、そのP・Jと一緒にウエスタン・エディションで大立ち回りをしたけど、P・Jはものすごく鋭敏だった。そりゃ最初は数発殴られていたけど、その後はもうすごかった。相手の攻撃をさっと躱《かわ》して、ものすごくいいタイミングで相手の弱点を見つけ猛反撃に出る。ああいう計算されつくした反射神経って、クスリをやってたらとても養われないと思う)」

花月がハッとそれに気づくと、大きく俺に頷いてくれた。

「(そうだよ…P・Jはクスリなんかに手を出すような人間じゃない…。僕は校長に何度もそう言って、彼を退学にしないように頼んだんだ…。彼は…絶対…クスリなんかに頼るような…弱い人間じゃない…。それはこの僕が一番よく知っている…)」

ジョゼフのブルー・グレイの瞳が見る見る哀《かな》しみ色に染まってしまう。項垂《うなだ》れた彼の顔に、綺麗な金髪がぱらぱらとかかってゆく。

「(そう思うのだったら、どうしてみんなで校長に抗議しなかったんだ。犯人は他に誰か確実にいるはずだ。たぶんP・Jははめられたんだよ。そしてその人間は、今なおクスリを使用しているかもしれない。そのことの方がより大きな問題だと思わないか?)」

この名誉ある秀麗兄弟校は見えないところで何かに蝕《むしば》まれているかもしれない。かと言って、たかがサマー・スクールに参加しているだけの俺たちに何ができるっていうのだろう。

「おっ、不破、グレイス校のみんなと楽しくやってるね…。日に日に英会話が上手くなってるって、言語学の先生が驚いてたよ。さすがに優秀だねー)」

この重苦しい雰囲気をブチ壊すかのように現れてくれたのは、秀麗の引率の先生、黒田先生だった。

「(ジョゼフ、サミュエル、このコたちはちょっと目を離すと、いつもとんでもないことをしてかす手がかかるコたちですけど、どうか仲良くしてやって下さいね。性格はそれほど悪くないんですけどね…）」

黒田先生は改めて、ジョゼフとサミュエルに挨拶する。

「（いいえ…彼らはしっかりしてますよ…。僕ら…なんだか自分が恥ずかしいです）」

ジョゼフが俯《うつむ》き加減にそう答えた。そして静かに、ナイフとフォークを動かし始めた。

「ほらっ、聞いたか、不破、花月っ。こういうのが本物の優等生なんだよ。実に謙虚でいい。きっと先生方の授業なんかも、しっかり聞いてくれるんだろうなあ…。まさか授業中に二人きりの世界で、延々とショーモナイ世間話をしているようなことだけはしないんだろうなあ…。それでいて勉強ができたりするのって言語道断だよね。違う？　違ってたら、先生に言って？」

黒田先生…ここにきてストレスを発散させるか…？

「先生、優等生って言うけどさ、ところでジョゼフってどういう家のコなの？」

悠里がこっそり日本語で尋ねてしまう。実はそれは俺も知りたかったところだ。

「えっ、知らないの…？　有名だよ…君らだったらもうとっくに情報摑んでいると思ってたのに…」

黒田先生は逆に驚いてしまう。そしてますます悠里の好奇心は湧いてくる。

「（あのさあ、えっと、突然だけど、訊いてもいい？）」

悠里がにこっとジョゼフに笑いかける。

「(ジョゼフのおうちのご商売って何? サラリーマン? それとも学校の先生とか、警察官とか、FBIの捜査官とか、NASAにお勤めとか、あっ、そうだ。アメリカでビッグな仕事って言ったら、やっぱりハリウッドの映画スターだよね。ジョゼフ、カッコいいから、ご両親が俳優ってこともありえるよね) でも、涼ちゃんにはかなわないと思うけど…」

悠里、ラストだけなぜ突然、そんなつまらないことを日本語で言う。

「(おチビちゃん、彼はジョゼフ・レノックスだよ。レノックス社の。知ってるだろ?)」

「(ちょっとサミュエル、前々から思ってたけど、そのおチビちゃんっていうのやめてくれるっ? 今度言ったら、地獄送りにするからねっ)」

悠里にそう言われたサミュエルは大笑いだ。テーブルをバンバン叩いている。

元気のなかったジョゼフだったが、つられてちょっと笑ってしまう。

えっ…でも…レノックス社って…ウッソ…まっさかぁ…そんなハズないだろう…。

だってレノックスなんてよくある名前じゃないか。

日本のホンダの本田《ほんだ》さんなんて、ごまんといるし、トヨタの豊田《とよた》さんだって少なくないはずだ。ニッサンは…あまりいないけど…。マツダ…松田《まつだ》さんも大勢いる。

「(だからユーリ、今からよーくジョーに頼んでおけば、いつかきっとユーリの家に、レノックス社最新モデルのカッコいいスポーツ・カーが届くかもしれない。その代わりまず日本は輸入規制緩和をしないといけないな。アメ車はどうも、日本で商売しにくいみたいだ)」

ジョゼフの代わりにサミュエルが答えてしまうが…。ウソだろ…。

ジョゼフって、アメリカで三本の指に入る大手自動車メーカー、レノックス社と関係ある人間なのか?

「(お父さん、ひょっとしてレノックス・オートモービルで働いているの?)」

森下がこれまでの会話をまとめてそう訊いた。

「(働いているんじゃなくて、経営してるんだ。今は父の代になったから…)」

げっ…やっぱりスーパー御曹司《おんぞうし》じゃないか…。どうしてそんな人が俺らと一緒に寮の夕飯なんかを食べているんだ。口に合うのか?

「えっ、涼ちゃんどういうこと、レノックス社って何っ、まさかあのフォードと肩を並べる、車のレノックスじゃないよね。うちの兄さま、あそこの車欲しがってたんだっ。そんで僕、いつか働いて買ってあげるって約束してるんだっ」

俺らのテーブルは騒然としてしまう。

「(でもね、父は父。僕はただの高校生だよ。みんなと何も変わらないから)」

ジョゼフはあっさりそう言ってしまう。

もちろんそんなことで特別視されるのが嫌なのだろう。

「(これがジョーのいいところなんだ。ジョーはこの通り御曹司だけど、絶対偉ぶらないし、誰とでも分け隔《へだ》てなくつきあえる。だから学校でも信望が厚いんだ。ゆえにこんないいかげんな俺でも、長年友達やってもらってる）」

サミュエルがにっと笑い、ジョゼフの肩をポンと叩いていた。しかしそのジョゼフはP・Jの話がでてから、やはりずっと元気がなかった。校長にかけあってまでして、彼の退学を許してもらおうと努力したくらいなのだから、きっと親友だったんだろう。

だけどP・Jはどうして無実なのに、とことん戦わなかったのだろう。

戦いたくても戦えない時があるって、そう言ってたけど、俺にはどうしてもその意味がわからない――。

グレイス校には未練がないのだろうか。

彼らにとって学校を変えるなんて、たいしたことではないのだろうか。

＊

「わあ…涼、元気だった？　どうしてるんだろうって、ちょうど今思い出してたところなんだよ。以心伝心《いしんでんしん》だね」

夕飯が終わって一段落した後、俺は寮内にある公衆電話で、秀麗の二年先輩である烏丸来夏さんに電話をしていた。悠里と花月と森下の三人は、俺にへばりついて話を聞いている。

サン・フランシスコは現在午後九時。

東京はそれより十六時間進んでいて、翌日の午後一時となる。

「もう東京は暑くってさ…死にそう…。毎日35度近くいってるんだ…。今、お昼に素麺《そうめん》食べたところ。なんか食欲わかなくってさ…そっちは涼しくていいよね」

「ええ…もう涼しいっていうより、寒い時がありますす。日中でも校内、暖房が入ってたりするんですよ」

「そうなんだよね…そっちって、どんなに突き抜けるような青空でも、温度だけは上がらないもんね。ああ…いいなあ…僕、高校生に戻って、もう一度グレイス校に行きたいよ」

ただ今、大学一年の来夏さんは、高校時代を懐かしんでいた。

「あっ、そうだ来夏さん、お礼を言うのが遅くなってごめんなさい。今回は留学費用を三分の一も出して下さって、本当にありがとうございました。お陰で俺、こうして毎日楽しく過ごさせて頂いてます」

見えないとはわかっていても、つい反射的に深く頭を下げてお辞儀をしてしまう。

「何言ってんだよ、涼…それは涼の当然の権利だよ。昨年大使に選ばれていたのは涼だよ。それなのにその権利、僕が譲ってもらっちゃって…。本当だったら僕、全額払わなくちゃいけないいんだ…」

「そんなことないですっ。あれは俺が勝手にそうさせて頂いたことですから、とんでもないですっ。今回は本当に本当にありがとうございましたっ。俺、すごく幸せですっ」

あっ…なぜか花月が背後から俺をぎゅーっとしている。何か感激することがあったみたいだ。しかしこの際、気にしないで来夏さんとの会話を進めていこう…。

「ところで来夏さん…P・Jってご存じですか…？　パトリック・ジャクソンっていうグレイス校の生徒なんですが…」

「ええっ、涼、P・Jと知り合いっ？　友達になったの？　あいつ、いい奴でしょう？」

来夏さんはぱあっと明るい声になる。

「来夏さんも、P・Jと友達なんですか？」

「一番仲が良かったよ。選択したクラスが一緒でさ。僕ら『アメリカ社会における差別』っていう授業を取ってたんだ。それで色々と討論していくうちに意気投合しちゃってさ。東京に帰ってからも、ずっと手紙のやり取りをしてたんだ。あ…でもこの頃、便りがないけど…どうしたんだろう…。P・J、元気？」

来夏さんはP・Jの身に起こった数々の出来事をまったく知らない。

「あ、そっか…。P・Jは今年のサマー・スクールのリーダーに選ばれたんだろ？　それできっと忙しいんだな…」

「あの…来夏さん…実はP・Jは、六月にグレイス校を退学になったんです。なんでもロッカーの抜き打ち検査で、P・Jのロッカーに覚醒剤が入ってて…。でももちろんそれは彼の

ものじゃないんです。彼自身、それを強く否定していました。誰かが故意に彼のロッカーに入れたみたいなんです。でも校長がそれを信じてくれなくて」

来夏さんの息をのむ音が、受話器から聞こえてしまった。

「嘘だよ、涼。P・Jはそんな奴じゃないよ。なんで覚醒剤なんか。そんなわけないよっ」

来夏さんは明らかに気が動転している。

「涼、P・Jはね、両親が離婚してて、母親と弟、妹と四人家族なんだけど、それはそれは家族思いだし、その家族を悲しませるようなことは絶対にしない。グレイス校では奨学生だから朝から晩までよく働いていた。とにかく覚醒剤に手を出すほど、金銭的なゆとりはないんだ。第一、P・Jの夢は奨学金を獲得して、来年スタンフォード大学に進学することだったんだ。覚醒剤なんかに手を出せば、進学の夢は断たれたも同然だ」

いつもは温和な来夏さんだが、今は怒りの気持ちをぶつけていた。

「俺も…よくわからないんです…。P・Jとは偶然町で出会って、友達になって、色々と親切にしてもらって、今日なんて暴漢に襲われたところを助けてもらったんです。だから俺も彼がそんな人だとは思ってません。なのにP・Jは無実の罪《つみ》を着せられても、もうしようがないって諦めてるんです」

「なんで無実なのにグレイス校を退めなきゃいけないの？　それってヘンだよ。あ、そうだ、ジョゼフ…、ジョゼフ・レノックスは何て言ってる？　ジョゼフに頼めば、何とかならないかな？　あの二人親友だったし、彼のお父さんは力があるから、何とかしてもらえるんじゃないか？」

　来夏さんの口から、ジョゼフの名前も上がる。

「ジョゼフは何度も校長にかけあってくれたそうです…。でも、どうにもならなかったらしくて…それで今、彼も元気がなくて…」

「ジョゼフがかけあっても、どうにもならないなんて――」

　来夏さんは絶句してしまう。

「すみません来夏さん…こんな辛いことわざわざ電話で話すことじゃなかったですよね。ただ…訊いてみたかったんです。もしかして来夏さんもP・Jのことを知ってるかもしれないと思って、そして彼がそんなことをする人間じゃないってことを、改めてはっきりさせたかったんです」

「いや、涼、教えてくれてありがとう。もし、次に彼に会うようなことがあったら、僕が心配してたって、そう伝えてくれる？　そして、頑張れ、負けるなって言ってあげて。僕は彼のこと信じてるから」

　来夏さんは、遠く離れた自分の身がもどかしいようにそう言った。

「必ず伝えます。元気だすように励ましてきます」

「うん、そうして。真実は必ず彼の味方だって僕は信じてるよ」

本当にその通りだと思う。無実の者が罪を被《かぶ》る必要なんてどこにもない。

だけど俺たちにいったい何ができるっていうんだ?

せいぜい彼を励まし、友達でいることくらいしかできない。

俺たちはなんて無力なのだろう。

*

「涼ちゃんが落ち込むことないよ。ね、元気だして…」

悠里が粉セッケンの箱を片手に握りながら俺を励ましてくれる。

来夏さんへの電話を終えた後、俺たち四人は寮のランドリーへと、各々の汚れ物をかかえて薄暗い廊下を静々と歩いていた。

シーツや枕《まくら》カバーは、グレイス校でまとめて定期的に洗ってもらえるが、自分たちの衣類は自分たちで洗うというのがルールであった。しかも今日、ウエスタン・エディションで大立ち回りをして来た俺たちは、人の数倍多い汚れ物を抱えるはめになっていた。

「アメリカの洗濯機って、ホント豪快ですよね。ガーっと洗って、バーっと濯《すす》いで、後は乾燥機にほうり込むだけ。でもこれだと衣類はかなり傷みますよね…」

花月はバレエのクラスの体操服をほぼ毎晩洗っている。毎日汗まみれになって一時間半も踊るので、洗濯はかかせない。しかしそのレッスンはかなりいい運動になるらしい。

「しかしもしかしてとは思ったけど、P・Jって来夏さんの友達だったんだな…。来夏さんは去年大使だったから、向こうの生徒たちと係わりが深いとは思ってたけど、本当に仲がよかったんだな…。いつか日本に遊びに来るよう約束までしてたんだって」

俺の話はまた振り出しに戻ってしまう。

「それであのサミュエルもジョゼフも来夏さんとは仲がよかったんでしょ？　帰国前夜に来夏さんたちを寮から脱出させて、P・Jと一緒にツイン・ピークスまで上った仲間だっていうんだから、あの二人も、P・Jのこと何とかしてあげればいいのにね。アメリカ人って、そーいうとこなんかドライだよね」

悠里はどうしても納得できないカンジだ。

「たぶん校長がキツいんじゃないかな。ヘタに肩をもったら、自分たちもその仲間だとみなされてしまうとか…。それで強く抗議できない…。それとほら、僕、ちょっと気になったんだけど、この学校ってやたら『賞』に拘《こだわ》っていると思わない？　知ってる？　学年の終わりになると数名の生徒たちに賞が贈られるらしいんだ。『成績優秀賞』とか『ベスト・リーダー賞』とか『奉仕活動賞』とか。それって昔からグレイス校に伝わるとても名誉ある賞で、孫子の代まで自慢していいほど、価値のあるものらしいよ。どこの大学を望もうとも、奨学金は思いのままだし、まずお金より何より人としてすごい名誉となるらしいね。言うなれば戦前日本の江田島《えたじま》にあった、あの超エリート学校『海軍兵学校』の卒業式で、優秀な生徒だけに贈られる恩賜《おんし》の短剣みたいなものかな…？」

古い…森下、たとえが古すぎる…それじゃみんながわからないだろ…？

「でもその賞をもらうためには、日々の素行もよくなくちゃいけないんだって。ジョゼフなんて超エリートだから、たぶん毎年賞の候補に入っていただろうし、あの時期、校長に強く抗議するなんてできなかったんじゃないかな…」

なるほど、森下の読みは鋭い。それでジョゼフはP・Jのために全力を尽くせなかった自分を責めて落ち込んでいるんだ…。

ああ…そう言えばジョゼフは制服の襟《えり》に、いくつか立派なバッジが並んでいたけど、たぶんあれが今までにもらった名誉の証《あかし》なのだろうな。

「聞くところによりますと、このサマー・スクールに参加することも、賞をもらう大きなチャンスとなるらしいですね…。日本から来た生徒たちの手助けをするということで、大きな奉仕活動とみなされるそうです。もちろん、みなさんがみなさん、そんなつもりでサマー・スクールに参加されているわけじゃないですよ。実際、修得単位が必要な生徒もいらっしゃいますし、単純に秀麗の私たちと交流を持つのが好きという方も大勢います。バブルが崩壊しても、今なおアメリカ人の日本への関心は高いですからね…」

花月の説明に聞き入りながら、ランドリーへと向かおうとした、その時だった。

どこかの部屋が開いていて、その中が露《あらわ》になっていた。

どうやら運動クラブのロッカー室みたいだった。

俺たちはＰ・Ｊを退学に追い詰めた、抜き打ちロッカー検査を思い出し、ついそこをちらりと覗いてしまう。

もちろん、Ｐ・Ｊが事件に巻き込まれたロッカーは、本校舎にあるのだが、どうせ同じタイプのロッカーを使用しているのだろうとチェックしてしまった。

しかしそこで俺たちが発見したことは――。

「不破――これって…錠前が下りているわけではないじゃないですか」

花月が絶句している。

なんとそのロッカーはよく家庭用金庫などにあるダイアル式の――自分で右・左に番号を設定しロックするタイプのものであった。

「これだったら、もし自分の番号を覚えられたら、誰にでも簡単に開けられるよな…」

俺もそれに気がつき、言葉を失っていた。

「じゃあやっぱり誰かにはめられたってことも、大アリだよね」

悠里は粉セッケンの箱を落としそうになる。

だけどいったい誰がどういう理由で…。

永遠にわからない謎《なぞ》に、俺たちは直面していた。

アメリカの闇 ～The dark side of America～

それから小一時間して、俺たちは洗い上がった衣類を、今度は乾燥機に放り込もうと、またランドリーに向かって行った。

するとその帰り道、薄暗い食堂から、水の流れる音が聞こえてきた。誰かが水道の蛇口を閉め忘れているのではないかと気になって、俺たちは中へ入って行く。

すると厨房《ちゅうぼう》には裸電球ひとつがぼんやりと灯《とも》っていて、中にはリカルドが――あの歓迎会の日に、俺らに飲み物を給仕してくれた彼が――せっせとジャガイモやらニンジンやらを洗っていた。それがバケツに何杯もある。

「(ハーイ。みんなどうしたのこんな夜更《よふ》けに…。あ、ひょっとして君ら、おなかがすいたんだろう? デザートの残りのキャロット・ケーキでよかったらあるよ。食べる?)」

南米系らしい彫りの深い顔に笑みを浮かべてそう言ってくれる。リカルドにはいつも朝・昼・晩と食事のお世話になっているので、もうすっかりお馴染《なじ》みである。

「(リカルド…こんなに遅くまで働いてたの…)」

悠里はびっくりしている。

「(なんてことないよ。いつものことさ。これをさせてもらってるお陰で、僕はグレイス校に通わせてもらえる。基本労働よりさらに働けば、授業料免除以外にも、ペイしてもらえるんだ。これはちょっとしたお小遣い稼ぎさ)」

その顔には悲愴感のかけらもない。むしろ誇りを持ってやっているという感じだ。

「(じゃ、手伝うよ。どうせ俺ら、今暇なんだ。衣類を乾燥させていて…、出来上がるまで待ってないといけないから)」

俺はすぐ厨房へ入って行った。

「(リョウ、そんな…いいよ。気にしないで。これは僕の仕事なんだから)」

「(でも、こうして君と話してるだけで、俺らすごく英語の勉強になるんだ。楽しいから手伝わせて)」

俺はすでに腕まくりをしてしまっていた。花月や悠里、それに森下ももう各自、洗い場の前に立ち野菜をごしごし洗い出した。そしてその約三百五十人分近くのジャガイモやらニンジンは、二十分もしないうちに、綺麗に洗われてしまった。

「(でもリカルドは本当に偉いよね。こうして朝から晩まで働いて、そして勉強して…とても僕にはできないや…)」

水洗いが済んだら、今度はジャガイモの芽《め》を取る作業だった。

みんなで大きな四角いテーブルを囲むと、悠里もせっせとその不慣れな手を動かしている。

「(アメリカでは、もう高校生になったら親から小遣いなんてもらわないからね。アルバイトをするのは当たり前なんだよ。家がどんなに大金持ちでも、まず親は子にお金なんて与えない。そんなことをしていると、いつまでたっても子供は自立できないからね。もちろん僕の場合は、家が裕福じゃないから、朝から晩までこうして働いてるわけだけど、こういうのって、この国じゃ全然珍しいことじゃないんだ。だから、僕のこと偉いだなんて、思わなくていいよ。それにね、この国は頑張った人間を必ず評価してくれるから、こういう苦労もまた楽しいよ)」

リカルドは少し照れたようにそう言った。

「涼ちゃん…僕、つくづく自分が恥ずかしいよ…この十七年、兄さまに小遣いもらいっぱなしのほとほとダメな人生だったよ…」

悠里はしょんぼり日本語で呟く。

「だ…大丈夫だよ悠里…悠里はいつか遥さんに車をプレゼントしてあげるんだろ…？　それで充分じゃないか…」

俺は即座に幼なじみをフォローする。

「(P・Jなんて…もっとすごかったよ…。君らP・Jの友達なんだろ…。あいつ、僕以上に働いてたんだよ。僕は主に食堂担当だけど、P・Jは食堂はもちろん、洗濯から清掃からなんでもやっていた。しかもほとんどの成績はいつも上位だ。白人なのにどんな人種とも仲良くなるし、みんなに好かれてた。困ってる人がいたら、すぐ手を貸してしまう。僕も何度、励まされたかわからない…。試験前には勉強教えてくれたし、熱がでて具合が悪い時は、仕事代わってくれたし、お金も…貸してくれた…。僕、前になけなしのお金が入っている財布《さいふ》を校内で落としちゃったんだよ。探してもまったく見つからなくてさ、どうにもならなくなった時、P・Jが50＄《ドル》紙幣を僕に渡してくれたんだ。使っていいよ。出世払いでいいから、って笑って言ってくれてさ…。それってちょうどイースター休暇の時だったんだ。お金がなくちゃ家にも帰れなくて、ものすごく惨《みじ》めな気持ちの時だったんだ）」

リカルドはみるみる瞳を涙でいっぱいにする。

「（秀麗のサマー・スクールが始まる前に、僕ら校長から、P・Jのことは口がさけても言うなって言われてたんだ。学校の威信に関わるからって…。だからリョウ、あの歓迎会の夜、君が僕にP・Jのことを訊いても、何も教えてあげられなかったんだ…ごめんね…）」

そういうわけであの夜、リカルドはP・Jのことになると、とたんに言葉を濁していたのか。

「（でも…どうしてP・Jがクスリなんかに手を出したのか、僕は今でもよくわからないんだ…。働き過ぎ、頑張り過ぎで…ストレスを抱えてたんだろうか…。けど、そんなことってP・Jに限って信じられないんだ…）」

「(そうだよリカルド、P・Jはクスリやるような人、チガウのコトよ。きっとワルいヒトいて、そのヒトのワナにはまったネ！　ワタシ、そう強く主張スルっ)」

悠里が声を大にしてそう言った。

「(そうだよ…この学校のロッカーって、錠前をつけるタイプじゃないだろ？　あれって番号を覚えられたら、誰にでも簡単に開けられるじゃないか)」

俺も悠里に続いてそう発言した。

「(僕もそう思いたいけど、それは難しいかもしれない。実はこの学校の本校舎のロッカー・ルームは学年ごとに成績順で五分割されているんだ)」

なんだそれ…なんでロッカーまで成績順に分けなくちゃいけないんだ。

「(P・Jはトップ・クラスにいたから、当然、ロッカーもトップ・ルームにあったんだ。そのトップ・ロッカー室に出入りできるのは、本当に限られた優秀な人間でさ、その中の誰かがそんな卑劣なことをするとは思いにくい。もちろんグレイス校にだって、手癖《てくせ》が悪かったり、陰《かげ》で煙草《たばこ》をすったり、こっそりアルコールを飲んだり、夜中に女のコを引っ張りこんだり——というような、どこにでもいるタイプのワルも大勢いるけど、あのトップ・ロッカーを使用しているような人間の中にはいないよ。彼らは全員、学園の期待を一身に背負っているからね。どんなことがあっても、間違いなんて起こせないんだよ)」

パッと見にはわからなかったけど、なんて階級意識の強い学校だろう。

しかしトップの人間が罪を犯さない理由は、どこにもないはずだ。

だって悲しいけど、今の日本がそうじゃないか。高学歴で目も眩《くら》むような優秀な人間が、思いもしない罪を犯している。どうしてあのコが、といったような、世間から見れば普通のいいコが、とんでもない事件を起こしている。

トップ・ロッカー・ルームかなんだか知らないけど、そういうトップの世界だからこそ、醜《みにく》い足の引っ張り合いもあるかもしれない――違うだろうか――。

＊

そして二週目が過ぎていった。

週の真ん中の水曜日には、サン・フランシスコから東南に二時間ほど行ったフレズノという田園地帯の河原へとカヌー下りに出かけた。

たった二時間内地に向けてバスを走らせただけなのに、そこは日本と同じ猛暑だった。気温はなんと40度近くまであった。しかし湿気がないので、さほどバテることはない。

俺たちは初めてのカヌーで何度も転覆《てんぷく》し、その度にずぶ濡《ぬ》れになったが、空気が乾燥しているのと炎天下で、衣類はすぐに乾いてしまった。

悠里は生まれて初めてこんな激しい水遊びをしたと言い、カヌー終了後、嬉しくてまた泣いていた。こんな元気になった悠里を見たら、きっと兄さんが一番嬉しいのではと思い、俺はライフ・ジャケットに身を包み、必死にカヌーを漕《こ》いでゆく悠里の写真をたくさん撮っておいた。

そして週末にはまた大きな旅行が待っていた。行き先はヨセミテ渓谷。アメリカで一番人気のある国立公園だ。カリフォルニア中部にあり、学園からバスで片道五時間だった。

この頃になるともう秀麗もグレイス校もなく、みんな同じ学校の生徒としてすっかり打ち解けていた。

バスの中もロッジの部屋も両校の生徒が入り交じる。そしてどんどん友達は増えてゆく。ヨセミテでは山登りを楽しんだ。4《フォー》マイル（約六・五キロメートル）トレイルというコースを約三時間かけて歩き、絶壁の天辺にあるパノラマ展望台へと到着する。

そこから眺めた、ヨセミテのシンボル——ハーフ・ドームと呼ばれる岩壁。雪に覆われたシエラネバダ山脈。幻想的な夕焼けの美しさ。それらはとうていこの世のものとは思えない荘厳《そうごん》さだった。息をのむような絶景——雄大なアメリカの大自然が眼前に広がっていた。

また、誰にどう感謝していいのかわからなくなるほど感動した週末だった。

*

「でも早いよね、もう二週間も経《た》っちゃったなんてさ…。サマー・スクールも今週一週間でラストだから、僕、もっともっとみんなと仲良くなって、英語にも磨きをかけたいな」

ヨセミテから帰って、月曜日の午後、朝の授業を終えた悠里が元気に寮へと戻って来た。

しかし本当にその通りだと思う。サン・フランシスコに到着したのはつい二、三日前のことのように感じるが、実際は二週間も前のことだった…。

毎日が新鮮で感動で、あっと言う間に日々を過ごしてきたが、頭の隅にいつも気になることがぼんやりと存在していた。

「えへへー、でも今日こそお寿司が食べられるんだよね。僕、今日のランチは少し軽目にしてから出かけよう♡」

そして今日が待ちに待った二回目の自由外出日である。

俺たちの本日の予定は、ダウン・タウンに行って日本にいるみんなへのお土産を買うこと。それから——サン・フランシスコと言えば、ゴールデン・ゲート・ブリッジと並んで有名なケーブル・カーに乗って、チャイナ・タウンへ足を延ばすこと。シスコの中華街は全米でニューヨークと並んで、一、二を争う大きさだそうだ。

その後はまたバスに乗り（懲りもせず）日本街に繰り出す。実は今日ジャパン・センターの回転寿司屋さんで、P・Jと会うことになっている。一緒にお寿司を食べる約束をした。

その後なんと、P・Jが自宅に招待してくれるというのだ。母親がアップル・パイを焼いて待っていてくれると言う。

「不破、今日はP・Jと会っても、もうあのロッカー云々《うんぬん》のことはごちゃごちゃ言わない方がいいですよね…」

外出着に着替えながら、花月がぽつりと漏らしていた。

「そうだな…結局、俺らが何だかんだ言っても、どうせもうどうにもならないことだし…P・J自身が、九月から公立高校へ行くって決めてるのだったら、もうあの事件には触れない方がいいよな…」

俺は彼のことが気になりながら、やはり何もできないことを痛感していた。

「とにかく今日は、命の恩人に改めてお礼に行こうよ。あとさ、いつか必ず日本に遊びに来てもらうよう約束してもらおう？　日本に来るなら僕んちに泊まってって、言ってみよう。サン・フランシスコからのお客さんだったら、うちの母さんは大喜びだ」

森下は天真爛漫《てんしんらんまん》な笑顔でそう言う。

「あ、この花月の家にも是非泊まって頂きたいですね。日本の詫寂《わびさび》を知りたいのでしたら、やはり我が家なんて最適でしょう」

しかし花月、自分の部屋だけは何とかしておいた方がいいと思う…。花月の自室は愛犬のゴールデン・レトリバーが好き放題して、野生の王国と化している。

「うちにも来てもらおう。そしたら、兄さまに部屋を大掃除してもらわないとね」

悠里…またそんな遥さんをこき使って…。

「あっ、イケナイっ、僕また、ほとほとダメな人生を送ろうとしてたねっ。P・Jが来てくれるなら、僕が全力で家中の掃除をするよっ。ホントだよっ！」

ようやく気がついたのか、悠里は焦って言い直している。

なぜかP・Jは俺らの中では、グレイス校の誰よりも人気が高かった。

たった二回しか会ってないのに、彼の人柄は俺たちを魅《ひ》きつけて止まなかった。

不思議だけど、俺たちは大事にしないといけないものだけは、わかっていた。

＊

「遅いね…もう四時半を回ってるのに…車が渋滞しているのかな…」

約束の回転寿司店の前で並んでいる俺らの前に、P・Jは現れない。

悠里は何度も腕時計をチェックしている。

「私…ひょっとして時間を聞き間違えたのかもしれません。でも…確かにP・Jは、four《フォー》 o'clock《オクロック》 sharp《シャープ》（四時きっかり）って言ったんですけどね…」

P・J本人に電話して、約束の時間を決めた花月は段々自信がなくなる。

「車の渋滞ってこともあるだろうし…fourとfiveを聞き間違ったのかもしれない。ま、とにかくここまで来たんだから、もうちょっと待ってみようよ」

森下は呑気《のんき》にそう言うが、俺は何だか嫌な予感がしていた。

「僕、さっきチャイナ・タウンで食べた『蓮《はす》の実入り饅頭《まんじゆう》』で、まだおなかがふくれているから、待っててもゼンゼン平気だよ」

そう言いながら、悠里は両手に持っていたお土産の紙の手提げをそっと床に置いていた。

そしてとうとう五時になり…ヘンだと思った俺は、P・Jの家に電話をするが、まだ年端《としは》のいかない小さな妹が可愛らしい声で出るだけでP・Jは不在だった。

そして六時…俺たちは、回転寿司店の日本人の板さんに事の成り行きを話して、P・Jが来たら、俺たちが待っていたということを伝えてもらうようお願いした。

七時の外出帰宅時間を守って、俺たちは早々に寮に帰って行った。

結局、お寿司は食べなかった。いや、食べる気分ではなかったのだ。

P・Jのことが心配で…お寿司どころじゃなかった。

この嫌な予感は寮に帰ってからも消えることはなかった。

＊

そして寮のダイニングで元気なく夕食を食べていると、また俺たちのテーブルにサミュエルがやって来て。

「(ハーイ、君たち悪いけど、ジョゼフを見かけなかったかい？　リョウ、君、確か午前中の『国際関係論』のクラス、ジョーと一緒だったよね？)」

サミュエルにいつものふざけた調子はまったくない。

寮では帰宅時間は絶対厳守である。もし一分でも遅れたら、次の自由外出はなくなってしまう。もう八時半だ――。

「(なあリョウ、あいつ今日、外出するって言ってた？　月曜の午後、ジョーはたいてい学園に残って、自室で勉強してるか、読書してるかのどっちかなのに)」

サミュエルはジョゼフの隣室なので、彼の行動がよくわかっている。

「(外出するとは、直接聞いたわけじゃないけど、俺らが外出する時、彼がバス停の近くを歩いているのを見たよ…どこかに出かけるのかな、とも思ったんだけど、バスに乗る気配はなかったし…なんか人を探してるみたいな気もした…)」

俺以外の三人も俺に合わせて頷く。

「(なんであんなバス通りをうろうろしてるんだ…人と待ち合わせでもしてたのかな…)」

しかしひとつ気になることを言えば、今朝《けさ》のジョゼフは何だか顔色が悪かった。

先生に意見を求められても、歯切れのいい答えはなく、どこか具合でも悪いのだろうと、思っていた。しかしその前日、前々日がヨセミテ渓谷への大旅行だったので、どの生徒も疲れていて当たり前だった。ゆえに俺も周りのみんなも、ジョゼフの不調に関してはさして気にも留めなかった。

サマー・スクールのリーダーであるジョゼフは、ヨセミテでもかなり忙しかったからだ。彼はいつも生徒たちのことを気遣い、その世話に明け暮れていた。

「(困ったな…ジョゼフ自身が点呼担当なのに…どうするんだよ…ったく…。しょうがない、俺がひとまず、先生に報告するとしておこうか…。取り敢えずジョゼフは帰ったということにして…)」

サミュエルは嘘の報告をするつもりだ。

「(でも、彼が何か事件に巻き込まれていたら、マズくないか? 一応、先生には事実を報告しておいた方がいいんじゃないか?)」

つい、物事を悪い方、悪い方へと考えてしまう俺は、彼に意見する。

「(いや、実は前にも一、二度、こういうことはあったんだ…。その時も俺がなんとかごまかしたんだけど…)」

「(帰宅時間を破ると、次回外出禁止の他に何か大きなペナルティーを課せられるとか?)」

「(ああ…まず学年末恒例の『賞』レースの候補からは外される。『ベスト・リーダー賞』の受賞は完全に無理だ。それどころかあいつ、今回のサマー・スクールのリーダーをやっているのに、それも明日からはクビになる。めちゃくちゃ不名誉なことだと思わないか?」

「(そういうことなら、事実は伏せた方がいいかもしれませんけど…ところでジョゼフは以前にもこういうことが一、二度あったとおっしゃいましたが、その時は何時頃に帰って来たのですか?)」

花月も心配そうな顔でそう訊く。

「(その時は八時…とか…八時半…だったかな。あいつ、彼女がいるんだよ、シティーに。その彼女が帰らないでくれ、もう少しいてくれって、引き留めてそういうことになったっていうか…わかるだろ?)」

そういう——男子高校生にありがちな規則違反だったら——そろそろ帰って来るかもしれないけど…。事を明るみに出して、問題を大きくしてしまうのはマズいのか、それともひょっとして何か事件に巻き込まれたらいけないので、早く対処しなければならないのかという、二つの大きな選択がそこにはあった。

夏時間を使用しているサン・フランシスコの日照時間は長い。夕暮れが始まるのが午後八時過ぎである。だから今もまだ外は明るい。もう少しだけ待ってみてもいいのだろうか…。

「(しようがない…俺…九時まで、あいつのことを待ってみることにするよ…。それでも帰ってこないようだったら…先生に報告するか…)」

サミュエルはそう言って、ダイニングを後にしていた。

史上最大の仕事 〜The biggest & the riskiest job〜

早々に食事を終え、寮の部屋に帰ると――キャンパスの庭に面したところの窓を誰かがコツコツと叩いている。九時を回ったところで、外は薄闇に包まれていた。

俺たち四人は、その不気味な訪問者に身構え、後ずさる。

「(リョウ、ナチ、僕だよ、僕、P・Jっ)」

聞き覚えのある声が確かにそう言った。俺たちは急いで窓際に走ってゆく。カーテンを開け、窓を開くと――アイス・グリーンの瞳をした彼が、青ざめた顔で庭に立っていた。

「(どうしたP・J、いったい…何があったんだ?)」

その尋常《じんじょう》でない様子に、俺も慌ててしまう。

「不破、とにかく中に入ってもらいましょう。さ、みんなで彼を引っ張り上げて――」

花月が言うのと同時に、俺ら四人は同時に腕を伸ばし、彼を部屋へと招き入れていた。

「(よくわかったね、僕たちの部屋…。あ、そうだ、そんなことよりどうしたの…今日、僕らずっと君のことをジャパン・センターで待ってたんだよ)」

森下はまだ事の重大さがわかっていない。

「(君らの部屋、シーザー・ルームだって言ってたから…探したんだ…。実は大変なんだ…ジョゼフが…ジョゼフがヤクの売人に拉致《らち》されてしまって…)」

「(拉致…⁉ ヤクの売人に…⁉)」

俺ら四人は同時に声を上げていた。しかしなんであのジョゼフが？

「(ジョゼフの奴、今日、売人のところへクスリを買いに行ったみたいだ。売人たちは前々からジョーがレノックス社の息子ってことを知っていて…たぶん狙《ねら》っていたんだな…。それでとうとう犯罪に巻き込まれてしまった…。売人らは今、ジョゼフの父親をゆすっている)」

なんてことだ…じゃあ覚醒剤に手を染めていたのは、ジョゼフだったのか…？ そうなるとP・Jのロッカーにそれを入れたのも…ジョゼフ…？ そんなバカな…。

「(もちろん警察に通報しておりますよね？)」

花月も余りのことで気が動転している。

「(それがだめなんだ…レノックスの社長は警察に連絡できないっていうんだ…。息子がクスリづけになってるだなんて、会社のとんでもないイメージ・ダウンになるからって)」

「(だけどP・J、君はどうやってジョゼフが拉致されたことを知ったんだ？)」

「(今日、君らに会いにジャパン・センターに向かう直前に、いきなりジョゼフのお父さんから電話をもらって呼び出されて、ダウン・タウンにあるレノックス社に出向いたんだ。そしたら社長が突然『お前がそそのかしたんだろう、息子はどこだっ』ってすごい見幕で怒って…僕はもう何がなんだかわからなくて！）」

「（なぜあなたが呼び出され、怒鳴《どな》られないといけないんですか。第一、そそのかすってどういう意味ですかっ）」

花月にも次々と疑問が浮かんでゆく。

「（社長は僕がクスリでグレイス校を退学になったと信じ込んでいて、親友だった僕がジョゼフをそそのかして、息子をクスリに手を染めさせたと思っている。それできっと、売人のアジトは僕が知っていると思ったんだろう。でも僕は神に誓《ちか》って、クスリはやってないし、アジトなんて知るわけもない。その売人は今、社長に百万$《ドル》を要求していて、金を今夜零時にゴールデン・ゲイト・ブリッジの見晴らし台まで持って来いって言うんだ。でないと、ジョゼフの命はないって…）」

なんてことだ…これはまさしく誘拐じゃないか…。

そして百万$といえばざっと計算して一億円だ。なんて大金なんだろう…。

「（わかった、今、細かい説明はいいよ——。とにかくジョゼフの命が危ないんだな？）」

誰が何をやったかなんて、どうでもいい。ジョゼフは今まさに、ヤクの売人に拉致されて、命の危険にさらされていることは紛れもない事実だ。

「（レノックスの社長は、会社を守るために警察の手は借りられないってそういうんだ。それで私設のシークレット・サービスをつけて、自分で金を運ぶと言うけど、そんなことをしたらあいつらきっと金だけ奪ってジョゼフを殺して逃げるに決まってる)」

「(そんな——父親のくせに何を言ってるんだっ、会社より命が大切だろっ? すぐに警察に助けを求めないとっ。これは一刻を争うことだっ)」

「(でも、君らはジョゼフの家がどんなものか知らないから…そんなことを言うんだ…。レノックス社はジョゼフの高祖父《こう》の代からあって、アメリカの夢と希望を乗せて走ってきた。その一族から、こういったスキャンダルが出るということは、あってはならないことなんだ。第一もし、ジョゼフが無事救出されても、こんなことが表沙汰になったら、ジョゼフがこれから歩いて行ける道はない。それはジョゼフに死ねと言ってるのと同じなんだ)」

「(P・J、バカなこと言うなよ…。人の命の他に何が大切だっていうんだ。父親は会社のために息子の命でさえ諦められるっていうのか? それは違うだろ? さっきP・Jは、このことが公《おおやけ》になるとこれから先ジョゼフが歩いて行ける道はないって言ってたけど、そんなことはないよ。ここはアメリカだぞ。アメリカはそんなに器の小さい国か? 頑張ればちゃんと認めてくれる国だ。過《あやま》ちを認めて、生まれ変わった気持ちでやっていけば、道はいくらでも作られていくはずだっ)」

「(でもリョウ、ジョーはアメリカ中から…いや…きっと世界中からだ…好奇の目で見られてしまうよ…そんなの…線の細いあいつには絶対…耐えられないことだ…)」

「（じゃあどうすればいいんだ。みすみす殺されるのを待ってろっていうのか？）」

「（そうじゃないんだ。僕も本当にどうしていいのかわからなくて…かといってグレイス校のみんなに助けを求めると、ジョゼフのことが何もかも表沙汰になって…それこそもう彼はこの学校にいられなくなってしまう。実はレノックス家は四代続いて、みなグレイス校を首席で卒業し、スタンフォード大学へと進学し、そしてそのスタンフォードも首席で卒業し家業を継いできた――そういう名誉あるしきたりを、百年以上も続けてきた家系なんだ。これは、この国の人間だったら、誰もが知っていることだ…。彼はその期待を背負う五代目になる重責を負っている。お願いだから、頼む…どうしたらいいのか…教えてほしい…君たちにしか…こんなこと訊けなくて…僕もどうしていいのか…わからないんだ…）」

P・Jは絞り出すような声でそう言った…。

シーザー・ルームに長い沈黙の時が流れた。そして最初に口を開いたのは森下だった。

「不破くん…あのさ…ひょっとしてなんだけど…僕の取ってる『自動車運転』のクラスに、タイガー・ジョーっていうのがいて、彼の実家、昔、サン・フランシスコのスラムにあって、割と今でもワルの仲間に顔が広いみたいなんだ…。彼自身もジュニア・ハイの時、クスリにはまった時期があったんだって。今はもうもちろん足を洗ってるから言えることだけど」

タイガー・ジョー。確か、アメフトの奨学生としてグレイス校にいる生徒だ。背が高く、体も大きく、一見怖そうな、でも実は非常に陽気なアフリカ系アメリカ人だ。

「タイガー・ジョーに訊けば…ひょっとしてアジトがわかるかもしれないよ…。彼、結構、この辺りにうろうろしているヤクの売人とか知っているみたいなんだ。ほら、僕ら運転の練習で教官の車に同乗して、グレイス校の周りを走るんだけど、僕、一回だけタイガーと一緒の車に乗り合わせたんだ。その時、彼が町の様子を見て、『ちぇっ、アイツらまた懲りもせず、この辺りで商売してやがんな』って言ってたんだ。アイツらっていうのは、タイガーよりかなり年上の男たちだったんだけどね。いかにも悪そうな——。もしジョゼフがクスリを買うとすれば、この近辺で買ってたってことは大アリだよね…それで、そいつらに拉致されて、今、どこかに監禁されているのかもしれない…」

もうごちゃごちゃ考えている時間はなかった。俺たちは即座に寮にいるタイガー・ジョーに事の次第を説明した。そして彼も必死に昔の仲間に連絡し情報を集めてくれた。もちろんその情報が正しいかどうかなどということは、まったく自信がないのだけれど——。

とにかくもうじっとしていられなかった。

＊

こんなこと絶対させたくなかったのに、車の中には黒ずくめの服を着た悠里がいる。

森下も黒のセーターにズボン。俺と花月は同色の仕事着…。まさか、サン・フランシスコに来てまでこんなことをしようとは夢にも思ってなかった。

ハンドルを握っているのは、P・J。

俺たちは夜のサン・フランシスコを、静かに走っていた。

行く先はサン・フランシスコで最も危険なエリア——テンダーロインと呼ばれる地区だった。先日の日本街の南にあるウエスタン・エディションよりさらに危険度が高いと言われる。

テンダーロインは華やかなダウン・タウンからほんの数ブロック離れたところだが、その地域だけ悪の匂いで充満している。普通の観光客は——いやアメリカの一般市民でさえ夜は容易に足を踏み入れることはない。

「P・J、君、ひょっとしてジョゼフがクスリをやってることを知ってたのか?」

俺は車に揺られながら、助手席で尋ねていた。

「(知らなかった…でも自分が罪を着せられじっと考えて…自分のロッカーを開けられる人間は誰だろうって思った時…僕には一人しか思い浮かばなかった…)」

親友だったジョゼフなら、P・Jのロッカーの番号くらい簡単にわかるということだ。

「(でも、一番の親友にそんなことは訊けない。第一、どうしたってそんなこと信じたくない。だってジョゼフがクスリに手を出すはずがないんだ。でも…頭を冷やして…よく考えると…ジョゼフはいつも悩んでいた…。ものすごく悩んでいた。将来のこと、学校のこと、自分の立場…。もしかして、あまりのストレスとプレッシャーに耐え切れず、魔が差して…クスリに手を出したということは、考えられなくもないってことがわかってきたんだ…)」

声を潜《ひそ》めるようにして、P・Jは言った。

「(あの日のロッカー抜き打ち検査は、本当に突然行われたんだ…。僕らはトップ・ロッカー・ルームを使用していたから、検査は最後で、先生方もまさか、トップ・ロッカーから問題のあるものが出てくるはずがないと、監視も甘かった。その不意を狙って、ジョゼフはロッカー・ルームに入り込み、唯一知っている番号の僕のロッカーを開けて、自分が持っていたクスリを僕のロッカーに投げ入れた…。たぶんそんなことだと思う)」

「(でもさ、それだったらそんなクスリ、どこかに捨てるとか、トイレに流すとかしたらよかったのに…なんでわざわざP・Jのロッカーにほうり込むんだよ…)」

単純な疑問を森下が投げかけていた。まったくその通りだと思う。

「(それは…僕にもわからない…。咄嗟《とっさ》にしてしまったことだと思いたい。そこに悪意がなかったと僕は信じたい…。とにかく時間がなかったんだと思う。思い余ってやってしまったことだと思う――僕はどうしてもそう思いたい)」

だからなのか…P・Jは自分が退学処分になっても、それは不当だと戦い抜くことができなかった。戦ってもし真実が明るみに出たら、ジョゼフはこの先間違いなく未来が断たれる。それは親友を自殺に追い込みかねないと察知したのだ。

戦いたくても、戦えないと言ったP・Jの気持ちがようやくこの時わかった。

午後十時四十五分――。

車はとうとう派手なネオン・サインのついたいかにも胡散臭《うさんくさ》そうな地域へと入ってゆく。サン・フランシスコ湾に近いせいか、霧がうっすらと発生し始めていた。

大通りには、寒くないのか――派手で安っぽくてペラペラの服を身につけているストリート・ガールが客引きをしている。酒を飲み、喧嘩を始める者もいる。

ドロドロに汚れた路上生活者が毛布にくるまり、歩道に寝転がっている。そして奇声を上げ、虚《うつ》ろな眼差《まなざ》しで徘徊《はいかい》する者の姿もある…。

突き抜ける青空と自由の国――アメリカのもうひとつの顔がそこにあった。

P・Jの車はタイガー・ジョーに教えてもらった大まかな番地を頼りに、怪しげな路地へと入って行く。いきなり人気《ひとけ》のなくなるその通りは、俺らを緊張感のピークに持ってゆく。

通りには隙間なく細長い家が立ち並んでいるのだが、その多くが廃墟のようになっている。あるいは人が住んでいるのかもしれないが、とてもそうは見えない。荒《すさ》みきっている。

車だけは、ぽつりぽつりとあちこちに路上駐車してある。

「(ここは警官も踏み込まない無法地帯だって、タイガーが言ってたけど、本当にそうみたいだな…)」

アジトのありそうな通り名だけはわかったが、そこには建物が二十も三十もある。

P・Jはできるだけ暗がりの路肩に、車を寄せて行った。エンジンはつけたままだ。用心のためヘッド・ライトは消している。

「(P・J――ここから、そのゴールデン・ゲート・ブリッジの見晴らし台って、どのくらい時間がかかるんですか?)」

花月が尋ねるが、午前零時にジョゼフの父親が、私設シークレット・サービスを伴い、そこに百万$を運びに行く予定だ。

「(そうだな…ここからだったら三十分かからないと思う…深夜だし…道も空いているし、あるいはもっと早く着けるかもしれない…)」

俺はその時、ふと気づいたことがある。

「(あのさ…俺、思うんだけど…もし、この通りのどこかにジョゼフがいるとしたら、その場所にはたぶん明かりがついているだろ? この通りで、明かりのついているところは、こんなに家が立ち並んでいてもたったの三、四軒だ。そこに今、売人もいるとしたら、車を家の前に路上駐車させているはずだ。今夜、金を取りに行くからだ。電気が灯って、なおかつ車を家の前に路上駐車しているところといったら、ほら、たったの二軒しかない。ひとつはあの寂れたリカー・ショップ［酒屋］の隣の二階。もう一軒はその斜め向かいの廃墟みたいなアパートの三階。あの二つがヘンだと思わないか…?)」

どちらも俺らのいる車から三十メートルほど離れたところだ。

「不破、でももし売人たちがすでにここを出て、ゴールデン・ゲートの見晴らし台へと向かっていたら、彼らはジョゼフを残したまま、建物の電気も消してしまっているのではないでしょうか？　あなたが言うのと、全く逆の状況です」

花月はそう言うが、俺はこう思う。

「奴らは絶対、時間前に見晴らし台には行かないと思う。警察に通報されているかもと恐れて、かなりゆっくりと様子をみながら、現場に現れるはずだ。今、まだ十時五十分だ。もしあと三十分以内に、あの二つの建物のどちらかから人が出て来たとしたら、そいつらが犯人と思っていいと思う。そしてそれと同時にそこの建物の電気が消えたら、そこには見張りがいないということだ。でもジョゼフはそこにいる。大変危険だけど、その時が今夜唯一、彼を助け出すチャンスじゃないだろうか」

俺はすぐこの考えをＰ・Ｊにも英語で告げた。

「(でもリョウ…こんなことは…考えたくないけど…彼らは金を取りに出る前に…もし…もし、ジョゼフを…殺してしまったとしたら…)」

Ｐ・Ｊが暗い声で呟く。

「(それはないと思う。ジョゼフは彼らにとって、金づるだ。見晴らし台で金を首尾よく受け取ることに成功して…アジトに戻って殺すのはそれからでもいい…。もし、金を取り損なった時のためにも、ジョゼフは生かしておかないといけない。だから俺たちは、どんなことがあっても、奴らがアジトを空《から》にした時にジョゼフを助けださなきゃいけない)」

タイガー・ジョーの情報に、なんら確実性はなかったが、俺たちはもうこの情報にすがるしかなかった。

「わかりました不破…。ただ今十時五十五分です…。あと三十分もすれば何か動きがあると言うのですね…」

花月は長い髪をひとつに束ねてそう言った。

そして十一時になり…十一時十五分になり…俺ら五人はその明かりのついた二つの部屋から目を外すことはなかった。そうこうしている間に霧がどんどん深まっていく。この霧が俺らにとって恵みの霧となるか、大きな妨げとなるのかは、まだわからなかった。

海から低く霧笛が響いてくる度に、緊張が走る——と、その時だった。

「あっ…リカー・ショップの隣、明かりが消えたよっ!」

悠里が言うと同時に、全員が息をのむ。

「(みんな取り敢えず、伏せてっ。見つからないようにっ)」

P・Jの言葉と共に、車の中、俺らは身を低く沈める。

そして、息を潜め少しだけ頭を上げ、外の様子を調べる。

するとなんと、二人の若い男——彫りが深くて、肌の色が浅黒そうな二十代——が、リカー・ショップの隣の廃墟のような家の二階から降りて来た。

背の高い方が車のキーを握っているらしく、それを放り投げてはちゃらちゃら音をさせている。二人ともえらくご機嫌で、階段を降りるやいなや、目の前に停めてある自分らの車を蹴《け》っ飛ばして、大笑いしている。

「A farewell to this fuckin' goddamn jalopy ever!」

背の低い方がなんかわめいている。スラングだらけなので、何を言っているのか、よくわからない。

「(あっ……あいつら……だ……間違いないっ……)」

P・Jが息を殺してそう言った。

「(どういうことですか、P・J、あいつら今なんて言ったんです?)」

座席に身を隠しながら、花月が尋ねる。

「(あいつら、『この呪《のろ》われたクソッタレ、ポンコツ車とも、永遠におさらばだっ!』ってそう言ったんだ!)」

そうか…今夜大金を掴むから、もうあんなボロ車はいらなくなるってことだ。

そうだったら…もう間違いない…あそこにジョゼフは捕らえられている。

そうこうしているうちに、二人は車に乗り込みエンジンを吹かすと、陰湿な路地を勢いよく飛び出して行った。

運を天に任せて　～Leave everything to the fate～

　二人の姿が完全に消えたのを確認して、P・Jは自分の車をリカー・ショップの前へと移動した。

　そして俺らは息をこらして、全員でリカー・ショップ隣の二階へと上がってゆく。

　一階には人が住んでいる気配はない。窓ガラスや扉がめちゃくちゃに壊《こわ》され、見るも無残な姿となっている。

　二階の玄関は厳重な二重扉になっていた。鉄の格子戸が外側にあり、その奥に普通の木製のドアがある。その他には窓も換気口も何もない。

　サン・フランシスコ市内の家並みは、ほとんどが隙間なく隣家とくっついて建てられているので、裏口に回るとか別の入り口を探すということは不可能だ。正面玄関を突破する以外に、中に潜入できる方法はない。とにかく目の前の二重扉を壊すことが先決だった。

　しかし…もし俺たちが完璧な考え違いをしていて、中には犯罪とはまったく無関係の人間が住んでいたらどうしよう。そういう可能性がないとも言えない。

俺らは不法侵入をするわけだから、その場で即座に撃たれても、何の文句も言えない。相手方にしてみたら、立派な正当防衛である。

はっきり言って俺らは殺されたってしようがない状況だ。

「花月…どうする…でも…やっぱり…この扉…壊すしかないよな…」

俺はまず相棒に日本語で訊いていた。

「(とにかく、もうここまで来てしまったのです。扉を開けるしかありません。もし、物音に気づいて中から誰か出てくるようでしたら、即座に逃げましょう。その時は警察の力を借りるしかありません。しかしもう間違いないでしょう。ここが恐らくアジトです)」

花月の言葉に、P・Jも俺も森下も悠里も覚悟を決める。

実はグレイス校を抜け出す時に、寮の管理室からいくつかの工具を借りてきていた。

もし、ジョゼフがどこかに捕らわれていたとしたら、何かを壊してでも潜入し、救出しないといけないからだ。

「(じゃ、ぐずぐずしてられないね。とにかく僕たち五人もいるんだから、力任せにまずこの格子戸をぶっこわしてしまおうよ)」

町に霧がどんどん広がってゆく。どうかもっともっとこの霧が深まって、この家の二階の玄関に佇《たたず》む俺ら五人の姿も隠してもらえたら助かる。

「(悠里の言う通りだ。考えてる場合じゃない。なあ、じゃあ次の霧笛が轟《とどろ》いたら、その音に紛れて、扉を五人で思い切り蹴り壊してしまおう）」

先程から霧が濃くなってくると同時に、海から頻繁に霧笛が鳴り響くようになっていた。一分に一度くらいの頻度で鳴っている。

霧笛はまず最初に低くブ――と轟いて、後半ボオオオと響いてゆく。それは結構大きい音だった。その音を利用しない手はない。

「わかりました。じゃあ、始めますか」

花月が厳しい目で鉄格子を睨んでいた。そして次の瞬間、霧笛が鳴り始めた。

「（せーのっ！）」

俺の掛け声と同時に、五人で鉄格子を思い切り蹴っとばしてみた。

グァーンというやたら物騒な音が路地いっぱいに広がる。誰かに気づかれたのでは、と心臓が縮み上がる。鉄格子はかなり歪《ゆが》んだが、開くまでには至らなかった。

次の霧笛が鳴るまでに、まだ時間があるからか、悠里が鍵穴にドライバーを突っ込み、むちゃくちゃにかき回し始めた。鍵穴がめりめり大きく広がる。

そしてまた次の霧笛が轟き始める。俺らはもう一度、さっきよりさらに大きな力で格子を蹴っ飛ばす。またグァ――ンと音ばかり大きく響くが、しかし失敗する。

そして悠里は再びしつこく鍵穴をめちゃくちゃにかき回し、中の構造を破壊させている。

そんなことを何度か繰り返すが、格子は多少歪んだだけで、どうにもならなかった。

時間ばかりが無駄に過ぎてゆき、俺らの焦《あせ》りはピークに達する。

「いったいどうなってるんだ、この鉄柵《てっさく》は！」

俺は腹立ち紛れに思い切り鍵の部分を蹴っ飛ばしてしまう。

すると突然『ガコン』と妙な音がして——試しに格子の取っ手を引っ張ってみると。

ガッチャン——。

「ひゃー、開いた～」

悠里がドライバーでかき回したのがよかったのか、最後に蹴っ飛ばした拍子に、鉄格子の鍵が開いてしまった。

「不破っ、悠里っ、よくやりましたっ。さっ、次は、この木の扉です」

鉄格子を開きながら、花月はさっきから日本語でしゃべっている。しかし、どうやらP・Jはだいたいの話はわかっているようだった。

そして、こうやって外からガンガン蹴り飛ばしているのに、中から誰も出てこないということは、まずそこに住人はいないと考えていいだろう。

「(じゃ、今度も思い切り蹴っ飛ばしてみよう。いいか？)」

そしてまた救いの霧笛が轟いた。と、同時に五人でドアを蹴っ飛ばす。しかし、木のドアはびくともしなかった。見た目よりずっと頑丈なドアだった。

「(ぐずぐずしてると、あいつらが帰ってきてしまう。とにかく、次の霧笛で開けてしまおう。力を振り絞って、もう一度蹴っ飛ばすんだ。これが最後だと思ってやってみよう。もう時間がない。十二時をすでに回っている)」

これを最後だと思って、火事場の馬鹿力を出すしかなかった。

ブ――――ッと、また新たな霧笛が低く鳴り始める。

「(せーのっ!)」

ボオオオオ――――ッ。霧笛は今までにない大きな音をたててくれた。

バキバキ……バッタ――ン。

霧笛が鳴り終わると――木製のドアが見事真っ二つに割れていた。

しかし…これからが大問題だ。この期《ご》に及《およ》んでなのだが、実際、五人とも…足が竦《すく》んでしまって…中に入ることができない。

だって中に誰かが潜んでいて…俺らが入って来るのを息を潜めて待っていたら、どうする? 俺らは…たぶん、十中八、九、撃たれてしまう。

だって…ここは…銃社会アメリカだ。俺は今まで生きてきて、何度も危険な目に遭ってきたし、自ら進んで危険の中に飛び込んでも行ったが、今、初めて心から怖いと思った。

銃弾一発で俺の命は無くなってしまう。

もちろんそれを覚悟の上で、ここまで来たのだが、やはりどうしようもなく怖い。

ここまできて最後の行動に移れない。体中から冷や汗が流れてくる。

それは他の四人も同じだった。

その時だった——。

「……Plea…se……hel…p……help……me……'any……body……hel…」

何か聞こえる…？　中から人の声がする…！

「JOSEPH!?」

俺は勇気を振り絞って、叫んでみた。

「HELP!　I'M HERE!」

はっきりと聞こえた。助けてって言ってる。

俺らは迷わず建物の中へと足を踏み入れていた。

「(ジョゼフ、どこだっ、どこにいるんだっ?)」

悠里が俺の後ろから懐中電灯で足元を照らしてくれる。懐中電灯の薄ぼんやりとした明かりの中、ようやく部屋の様子が見えてくる。

そこは人が住むような状態ではなかった。酒瓶、ビールの空き缶があっちこっちに転がり、壁は落書きだらけ、カーテンは半分燃えている。リビングのソファはナイフでめった切りにされていた——。

身の毛のよだつ風景だった。

「(ジョゼフ、どこだっ、僕だよ、パトリックだっ！)」

P・Jはリビングを駆け抜けダイニングへと入って行く。俺らもP・Jの後を追って行く。

「(助けて…P・J…助けて…)」

その聞き覚えのある声はまさしく、ジョゼフ・レノックスのものだった。

俺らは声のする方へと向かってゆく。

そしてとうとうそれらしき部屋を突き止め、扉を開くと――。

あの美しいブルー・グレイの瞳と金に輝く髪を持っていた彼は、見るも無残な姿になり、息も絶え絶えバス・ルームに横たわっていた。しかもあろうことか、右手は洗面所のシンクの鉄パイプに手錠《てじょう》で繋《つな》がれている。これでは連れて逃げられない！

「(ジョゼフっ！　大丈夫かっ！)」

P・Jがすぐにジョゼフを抱き起こす。

暴行を加えられたのだろう。あっちこっちにひどく殴られた痕《あと》がある。

「どっ、どうする涼ちゃんっ、この手錠どうやって外すっ⁉」

「悠里っ、さっき鍵壊したドライバー持ってるか？」

「あるよ、これだねっ」

悠里がズボンのポケットに差していたそれをすぐ俺に手渡す。

俺はドライバーを鉄パイプと手錠の輪の隙間に突っ込み、テコの応用で壊してしまおうと試みるが、脆《もろ》くもドライバーの柄《え》が折れてしまった！

「悠里っ、なんかもっとベツの工具持ってこなかったか？　ペンチとか、レンチとか、スパナとか、何でもいいっ！」

「不破くんっ、僕、トンカチ持ってきたよっ。はい、これ使ってみてっ！」

悠里より先に森下がデイパックからその頑丈そうな工具を取り出す。

俺は渡されたトンカチの先を同じく鉄パイプと手錠の隙間に突っ込んで、テコの応用で力を加えてみる。しかし手錠はなかなか壊れない。

「不破っ、私も手伝いますっ。もう一度、一緒に手前にぐいっと引いてみましょう」

花月もトンカチの柄に力を加える。鉄の部分がパイプにきしんでギリギリと鈍い音をたて始める。

気がつくと五人総出でトンカチに力を加えていた。

すると――。

ガシャッ。手錠がグニャリと曲がり、鍵が半開きになる。しかし半開きでも、まだパイプに引っ掛かって、上手く外せない。もうあと一歩のところなのに…！

「不破、マズいです。もう十二時半近くになろうとしてます。あいつら帰って来ますよっ」

「（ごめん…僕がいけない…僕が…クスリなんかに…手を出すから…。Ｐ・Ｊ、ごめん…許して…）」

ジョゼフは息も絶え絶え、そんなことを言う。熱があるのか、体も熱い。

「(ジョゼフ、大丈夫だからなっ、今、僕が助けてやるからっ!)」

　P・Jがいきなり素手で手錠を摑むと、その半開きの状態でパイプにひっかかって取れないものを、無理やりギリギリッと外してしまった!

「取れたっ! 取れたよっ! すごいよ、P・Jっ!」

「(よし脱出だっ、みんな行こうっ!)」

　P・Jはすぐさまジョゼフを背負い、俺らと共にこの物騒な家を出て行こうとする。途中、あまりに慌てたので、悠里が酒瓶につまずき、転んでしまう。俺はその悠里を抱え起こし玄関を飛び出る。

　その時だった。表では遠くからでも聞こえるくらいにカー・ステレオの音量を最大限にした一台の車がやって来た。

　霧が濃いのでかなり視界が悪いが、間違いない。あいつらの車だ――。

「帰って来ましたよっ! みんな早くっ、早く車に乗り込むんですっ」

　花月の指示通り、みんなで一斉に二階から階段をバタバタと駆け降りる。どうか気づかれませんように――もっともっと霧が濃くなるといいのに。それはもう祈りにも似た気持ちだった。

　まずP・Jが、ジョゼフを後部座席に入れた。

　それから俺は悠里を車に押し込み、そして森下が後に続く。

すごい音量で後ろからやって来たその車も、とうとうアジトの異変に気がついた。そしてついにさっきの二人が車から降りてきた。

「（ここで何やってたんだ、お前らっ！）」

これは映画の世界のことでもなんでもない。一人の男がズボンのポケットに手を突っ込み――それが銃だと思った瞬間、俺はもう、そいつに飛び掛かっていた。

バキュ――――ン。

まず一発目が暴発した。

もう一人の男も拳銃《けんじゅう》らしきものを内ポケットから取り出そうとしたところで、花月がそいつに飛び蹴りを加えていた。そしてその銃は宙に舞う。命をかけた一瞬の早業《はやわざ》だった。

もう戦うしかなかった。相手に銃を使わせないように、隙を見せず、俺と花月は命を張って敵と戦った。そこにP・Jも加勢してくる。

そして森下と悠里まで車から降りて来ると、工具を持ち、奴らに攻撃を加える。

さすがに五対二だと勝ち目がないと思ったのか、二人が一旦後方へと逃げ去ってゆく。

「早くっ、みんな今のうちに早く車に乗るんだっ、行くぞっ！」

俺の掛け声と同時に、また悠里が、森下が、次々と後部座席に乗り込む。俺と花月はぎゅう詰めになりながら助手席に飛び込む。最後にP・Jが運転席に座ろうとした瞬間――。

バキュ――――ン。

また後ろから不吉な銃声が轟いた。

男らが再び舞い戻って来て、なんと——Ｐ・Ｊ目がけて引き金を引いたのだ。

「（ち…っくしょ…撃たれ…たっ…）」

見ると、Ｐ・Ｊの脚《あし》が見る見る血まみれになっていく。

犯人の二人が、もう間近に迫っていた。当然、二人の手には拳銃が握られている。

「（Ｐ・Ｊっ、車っ、運転できるかっ？）」

だめだ…もうとてもそんな状態じゃないっ。このままだと、俺ら六人共撃ち殺されてしまうっ。俺は気がつくと——Ｐ・Ｊを右の助手席に引き寄せていた。そして、自分は左の運転席に移り、エンジン・キーに手を伸ばすと——。

「ふっ、不破っ、何するんですかっ！」

花月が悲鳴に近い声で叫んでいた。

「みんな体を深く沈めろっ、あいつら撃ってくるぞっ」

俺が言うと同時に、早速バック・ウィンドーに一発ぶち込まれていた。

エンジンがかかった。ギアをローに入れる…。

だけどこの霧の中、三メートル先もよく見えない——だけど躊躇《ためら》っている暇はない。

男たちが運転席のドアに手をかけた瞬間。

俺は思い切りアクセルを踏んでいた！

「お前たち…本当に…また、派手にやってくれたな…」

＊

緊急病院の廊下で脱力しているのは、俺らの一年の時の担任、黒田先生だ。

俺はあれからどこをどう走ったのかわからなかったが、安全そうな住宅街へ逃げ切ると、そこからすぐに救急車を呼んでいた。まさか今夜、森下から遊び半分で習った運転が役立つとは思わなかった。

黒田先生は今、医者から負傷した二人の様子を聞いてきたところだ。

「悠ちゃん…大丈夫か…せっかく去年心臓の手術して元気になったんだから、体…大事にしなきゃだめじゃないか…」

先生はまず悠里を心配して、その顔を覗き込む。

「僕はゼンゼン大丈夫です…ちょっと転んで、おでこ擦りむいたくらいのことです。それより、P・Jとジョゼフは大丈夫ですかっ？」

「あの脚を撃たれたコは、今、弾丸を摘出する手術を受けている。大腿部《だいたいぶ》に傷を負っていて出血がひどい。意識はしっかりしているみたいだが、これからどうなるかは手術がすんでみないとなんとも言えない。あと、ジョゼフは…かなり暴行を受けていて、今も意識は朦朧《もうろう》としている。彼も命に別状はないみたいだが…。とにかく先生はこれから、ジョゼフのお父さんとよく話し合ってくる…」

黒田先生は気の重そうな顔をしていた。

「先生、お願いしますっ。どうか…このことはグレイス校には知らせないで下さい…。できればジョゼフは過労のため入院したとでもいうことにしておいてくれませんか？」

俺は、自分が退学になってもジョゼフを助けたかったP・Jの気持ちを酌《く》んで、ジョゼフのことは口外しないよう、元・担任に必死に頼んだ。

「わかってるよ…だから僕を携帯で呼び出したんだろ…？　他の先生だと許してくれないかもしれないからって…。しかし不破、普通、海外旅行先で…こういう危険なことをするか？　先生、このことが秀麗にバレたら、あっさりクビだよ、クビ。いや、先生はまだ結婚もしてない独り身の身軽さだからいいよ、またベツの仕事を見つけるだけだから。いや、そういうことじゃない…。不破も花月も悠ちゃんも森下くんも、みんなそろって即座に帰国だ。いや違う、秀麗の生徒、中等部・高等部合わせて百七十名、楽しいサマー・スクールの途中で全員揃って帰国だ。それで君らは帰国後、即刻退学…。そうだな、それに加えて、今後もうグレイス校との兄弟校提携もなくなるだろうな…。そんなことより君ら四人、高二の二学期から、どこの学校に行くの？　先生は絶対にイヤだよ、これからクソ暑い東京で、君らの編入先を探して四苦八苦しなきゃいけないなんて…」

黒田先生の怒りがじわじわと燃えてくるのがわかる。

それはそうだろう。先生は教え子を一夜で四人も亡《な》くすところだったのだ。

「でも…だって先生っ、警察に言えなかったんだよっ。ジョゼフのお父さんが言うなって、そう言ったんだっ。でもそのままにしてたら、ジョゼフは見殺しにされちゃうかもしれなかったんだっ。でも先生、お願いっ、とにかく学校には言わないでっ。このことが公になったら、ジョゼフの未来はなくなっちゃうっ。世界中の好奇の目に晒《さら》されて、どこに行っても生きていけなくなるかもしれないっ。それってジョゼフに死ねって言ってるのと同じことなんだよっ」

悠里は自分の未来が無くなりそうだったことも忘れて、わあっと泣き始める。

「あっ…悠ちゃん…何も泣かなくても…。先生、責めてるんじゃないよ。ただ、君らから通報をもらった時、みんなも何らかの怪我をしてるんじゃないかと思って、先生は生きた心地がしなかったんだよ。だってそうだろ、あんな犯罪者がうじゃうじゃいて、人殺し、傷害事件は日常茶飯事の場所に子供たちだけで潜入して行くなんて…」

先生は改めてぞっとしたのか、一瞬声を詰まらせた。

「先生…本当にすみませんでした…心配かけて…。今回という今回は…私もとても怖い思いをしました…。でも、私たちは他に方法が考えられなかったんです…。ジョゼフを助けないわけにはいかなかった…。だってこのサマー・スクールが始まってから、ジョゼフは本当に私たち秀麗全生徒のために、力を尽くしてくれたではないですか…。いつもみんなの世話をしてくれて、声をかけてくれて、気にかけてくれて、不慣れな私たちに力を貸してくれて、彼がリーダーとして働いてくれたからこそ、私たちは本当に夢のような楽しい時間を過ごしてきたんです…」

特に花月は大使として、ジョゼフに相当助けられてきた一人だった。

「でも…たぶん…私たちがわからなかっただけで…ジョゼフはいつも、ものすごいストレスを抱えていたのだと思います。リーダーとして、学校の顔として、大企業の未来を担《にな》う子息として、いつも人々から支持される一方、その悩みを誰にも打ち明けられぬまま、このような事態を引き起こしてしまったことは、本当に気の毒に思います。もちろん彼が薬物を使用していたことは許されないことです。それは彼の体を、そして心までもをいつか必ず確実に蝕《むしば》んでしまうのですから。でも先生、もう一度だけ彼にチャンスを与えてあげてくれませんか？　どうか今夜のことは、先生の胸の内にだけ収めておいて頂けませんか？」

花月の願いもP・Jと同じだった。

「先生もどこまで隠《かく》し通せるかどうか自信がないけど、これからのことはジョゼフのお父さんとよく相談してみる。でも、真実を隠すってことは、その友達のP・Jは永遠に救われないってことだよ…それでもいいのか…？」

俺たち四人は、それを覚悟で頷いた。だって、俺たちはP・Jと約束したんだ。

その約束はどんなことがあっても守らないといけない——。

……ほら、だって僕はどこの学校に行こうが、

また頑張れば、いくらだって道は開けていくだろ……

……でも、ジョゼフにはグレイス校しかないんだ……

……あの場所がなくなったら、ジョゼフの未来は一夜にして閉ざされてしまう……

……それは彼が、僕らにはきっと永遠にわからないような、

不自由なる大きな力に支配されてきたからなんだ……

……きっと生まれた時から、その力と戦ってきたのだと思う……

……でも、P・J……君はそれでいいの……

……全然、構わないよ……もう、それ以上のこと、彼からしてもらっているんだ……

……二年前、僕より十二歳年下の妹が、突然おなかが痛いって言うから、母が近くの病院に連れて行ったんだ。医者は食べ合わせが悪かったのだろうって、薬をくれるだけだった……

……でも、次の日になっても妹はちっともよくならない……

……心配した母がグレイス校の寮に電話をくれて、僕は急いで実家に戻った……

……そしてまた別の病院に連れて行っても、やはり前の医者と同じことを言われただけ……

……すると、どこで聞きつけたか、その夜、ジョゼフが実家まで駆けつけてくれてね、
彼、どうしてくれたと思う?……

……真夜中、父親の知っている病院に、当時三歳だった妹を緊急入院させてくれたんだ
……ジョゼフは妹をすぐに運んでくれた…そうしたら、なんと妹は急性盲腸炎だった……

……しかも、ほぼ手遅れに近い状態……

……だけど、本当に腕のいい最高の医師らが妹を手術してくれて、一命を取り留めた……

……普通の医者では、絶対助からなかったって、後でわかった……

……可愛い妹でさ……うちは妹の他に自慢するものは何もなくて……

……あの夜、突然現れたジョゼフは、本当に神様みたいだったんだよ……

……だから今度は、僕がジョゼフの力になる番なんだ……

……どんなことがあっても……彼の力になりたい……

……どんなことがあっても……

……どうか……この気持ち……わかってよね……

永遠の夏 ～Endless summer～

そして黒田先生の努力とジョゼフの父親の大きな力で、事件は明るみに出ず解決した。百万$は取られたままだ。ジョゼフ一家にとっては、あまりにも高い授業料となってしまった。

そのジョゼフは三日もすると退院してきて、すぐ俺たちに謝りに来ていた。彼は自分がこれからどうやってすべてのことを償《つぐな》っていいのかわからないと心底悔やんでいた。

しかし、やり直しのきかない人生なんてないのだから頑張っていこう、と俺らは必死にジョゼフを元気づけた。

アジトの情報を提供してくれたタイガー・ジョーは口が堅く、ジョゼフの未来を重んじて誰にも何も言わなかった。ただ、無実のP・Jが戻ってこれないのは、すごく残念だと肩を落としていた。そのP・Jの弾丸摘出の手術は成功で、三週間もすると歩けるようになるということだった。

俺らもまたサマー・スクールに参加すると、最後の一週間を大切に過ごしていた。

週の中日《なかび》には、近郊のスタンフォード大学へと連れて行ってもらった。

スタンフォードは東部の名門大学ハーバードと並ぶ全米屈指の私立大学だ。グレイス校からバスで一時間ほど南下したところにある。そのキャンパスの広さと美しさには驚かされた。構内にはロマネスク様式の校舎が点在し、その上、『考える人』で有名なロダン彫刻庭園や美術館まで併設されているのだ。澄みきった空気と豊かな緑に囲まれたこの大学を見ていると、アメリカの誰もがここで勉強したくなるというのは当然のことだと思った。

そしてレノックス家が、四代にわたりこの学校をこよなく愛し、誇りとしてきた意味もようやく理解できた。

そして木曜日の午後は自由外出日となったので、俺たちは早速P・Jのお見舞いに行った。P・Jは痛み止めの薬がよくきいていて昏々《こんこん》と眠っているので、直接話すことはできなかったが、側に付き添っていたお母さんが、息子は日に日に良くなっているので、心配ないからと言ってくれたので、俺たちは少しほっとした。借りた辞書はこの時、返しておいた。P・Jのすぐ横には五歳になる愛らしい妹がいて、彼女は兄さんから片時も離れようとはしなかった。彼女がジョゼフに命を救ってもらった妹だった。

そしてとうとう金曜日――お別れパーティーの夜がやってきてしまった。

明日、土曜日の朝――俺たちはこのサン・フランシスコを離れる。

長いようで短い三週間だった。夢のような毎日だった。友達も大勢できた。

危険なことにも遭遇したが、後悔することは何ひとつない。

サマー・スクールは、想像以上の経験を俺たちに与えてくれたと思う。

ただ…P・Jのことは…やはり心残りだ…。もう一度、会いたかった。

「(さて、校長の挨拶に続きまして、次は、今回のサマー・スクールのリーダーである、ジョゼフ・レノックスにお別れの挨拶をしてもらいましょう——さ、レノックスくん、前に出て来て下さいっ)」

グレイス校の広間では、今まさにお別れパーティーが開かれているところであった。

大きな拍手と共に、ジョゼフが背筋をピンと伸ばし、いつものあの凛《りん》とした表情で現れた。

「ねえ涼ちゃん、明日、日本に帰るなんて、寂しいね…。せっかくみんなと仲良くなったところだったのに…。危険なこともあったけど…僕…すごく楽しかった…」

悠里は食欲がないのか、テーブルに並べられた御馳走にはまったく手を出さない。

「私もそうですよ…最初は慣れないことだらけで戸惑いましたが、今はシーザー・ルームを我が家のように感じてしまいます。あの部屋とも明日でお別れなんですね…」

花月でさえすっかり元気がなくなっていた。

そう言えばあの部屋で、俺たち四人…毎日楽しかったな…。

朝起きて夜寝るその瞬間まで、いつもみんなで笑っていたような気がする。

「僕…不破くんたちの仲間に入れてもらえて…そのことが一番想い出になった…。三週間も…ありがと…僕…楽し過ぎちゃったよ…」

森下はぽつりとそんなことを漏らす。

「森下くん、あなたはこれからも私たちの仲間ですよ。サマー・スクールが終わると、この四人の共同体も終わってしまうような言い方をしないで下さいね。私たちは一緒に死ぬかもしれない運命にあった仲間じゃないですか。その絆《きずな》は永遠ですよ」

花月が森下に諭《さと》すように言う。言いながら花月自身も元気を取り戻してゆく。

「う…うん、でも僕、この夏、運転の授業を取っていたにも拘《かかわ》らず、あの晩、恐怖で何もできなくなって、結局不破くんに無免許運転させていた、とんでもない人間だから、なんかもう申し訳なくて…」

「何を言ってます。あなたが不破に運転を教えてくれていたからこそ、我々はあの晩命が助かったんじゃないですか。今やあなたは紛れもない仕事人ですよっ」

そんなお墨付きを花月からもらってしまったのなら…森下はもう間違いなく立派な仕事人だ…。しかし、それは彼にとっていいことなのか悪いことなのか、よくわからない…。

「(さ、レノックスくん、秀麗のみなさんにお別れのご挨拶をお願いします——)」

ジョゼフはマイクの前に立つが、なかなかいつものようには話し始めない。

「(いかがいたしましたか、レノックスくん…やはりお別れパーティーというのは、寂しいものですね…そんなに元気よく話し出すというのは、できないですよね…。確かに今夜は誰の心にも感極まるものがあります…楽しい三週間でした…)」

司会の生徒がジョゼフを上手くフォローしている。

しかしジョゼフの顔から、あのいつもの笑顔は完全に消えていた。

「(秀麗のみなさん…グレイス校のみなさん…そして校長先生をはじめ諸先生方…)」

ようやくジョゼフが話し始めたが、俺らはもう彼の異変に気がついていた。

「(本当でしたら、今このマイクの前に立つべき人間は私ではなく、グレイス校のみなさんはよくご存じの、パトリック・ジャクソンでした——)」

こう話したとたん、広間が大きくざわついてしまう。一番驚いていたのは校長先生だった。

「(今年のサマー・スクールのリーダーになる権利をパトリックから横取りしてしまったのは、この僕です)」

ジョゼフはもう何もかも話そうとしていた。俺たち四人は、これから彼が話すであろう内容の余りの重さにどうしていいのかわからなくなっていた。

しかし彼は、自分の罪をきちんと清算しようとしていたのだ。

「(P・Jはこの六月にグレイス校を退学になりました。理由はロッカーに覚醒剤を所持していたからです)」

その時だった、校長がジョゼフに近づき、彼をマイクから遠ざけてしまう。

「(どうしたんだジョゼフ、今、そういうことを言う場ではないだろう? せっかく秀麗の

生徒さんたちとのお別れ会を開いているところなんだ、よさないか)」

校長はジョゼフを厳しく睨んで言った。

「(すみません、でも言わせて下さいっ。もう今しか言う時はないのですっ。僕はこのままでいていいわけがないのですっ。みなさん、P・Jのロッカーに覚醒剤を入れたのは、この僕ですっ。ごめんなさいっ！　僕はどうしても…どうしても…このサマー・スクールの…リーダーになりたかったんですっ！)」

広間はとんでもないどよめきに包まれてしまった。

「(ジョゼフ…気は確かなのか？　自分が今、何を言っているのかわかっているのか？)」

校長は、今度はジョゼフを落ち着かせようと必死になる。

「(本当に、ごめんなさいっ、僕は…とんでもないことをしてしまいました。でも聞いて下さい。僕の一族は、四代続きこのグレイス校を卒業していったレノックス家です。しかも四代が四代このグレイス校の伝統である三大栄誉に輝きました。一つは『奉仕活動賞』。もう一つは『成績優秀賞』。そして最後が『ベスト・リーダー賞』です。僕はこれまでに、最初の二つの賞を頂きましたが、どうしてもベスト・リーダー賞だけはもらえないでいたのです。自分は確かに、リーダーになる何かが欠けていたのも事実ですが、僕はどうしてもその賞を取らないわけにはいかなかったんです…。そのためには、今年のサマー・スクールのリーダーに任命されるのが唯一の方法だということも、わかってました。ですから僕は去年一年間、必死に日本語を学び、色々な行事にも参加してリーダー・シップを発揮したつもりで頑張ってきました。しかし先の学年度末、僕とP・Jは校長室に呼ばれ、今年のサマー・スクールのリーダーはP・Jで、僕は副リーダーとしてP・Jを助け、夏期学校を盛り上げてほしいと言われました。その時、僕は笑顔で頷きましたが、頭の中は真っ白でした。もちろんP・Jは僕の親友であり、一番のライバルであることもわかっていましたが、僕はそれでも校長がレノックス家代々の歴史を考慮して、この僕をサマー・スクールのリーダーに任命してくれるだろうと、そんな甘い考えを持っていたのです。

しかし校長は、正確な目を持った人でした。P・Jがどれだけ生徒に慕《した》われ、頼られ、そして奨学生で一日中忙しいにも拘らず、頑張って日本語を習得してきたことを、よく知っていたのです。

僕が覚醒剤に手を出し始めたのは、半年ほど前からです。グレイス校近くの道端で、時折クスリを売っている人間がいることを知っていたからです。その頃、僕はこの学校を首席で卒業できなくなったらどうしよう、とか、ベスト・リーダー賞をもらい損なったらどうしよう、とか、いつもそんな恐怖でいっぱいになってました。毎日、落ち着かなくて、一時《いっとき》でもいいからそんな悩みから解放されたくて、気がつくとクスリに手を出していました。

でも、一度手を出したクスリは止められなくなるんです。僕は覚醒剤をいつも手元に持つようになっていました…。そしてその学年度末に、レノックス家の五代目でありながら、サマー・スクールのリーダーになり損ない、ベスト・リーダー賞ももらい損ねるということが決定的になったすぐ後のことでした。校長先生が、今日はこれから抜き打ちロッカー検査をする予定なので、早速全生徒をロッカー室から退去させるよう、言ってくれないかと、僕とP・Jに頼んだのです。僕はもうその時、頭が完全におかしくなっておりました。自分のロッカーには覚醒剤の袋がある——。しかももうサマー・スクールのリーダーになることもかなわないことが確定した。気がつくと、僕は自分のロッカー・ルームに忍び込み、P・Jのロッカーに覚醒剤の袋を投げ入れてました。最低です…自分は退学を免れ…しかも彼からサマー・スクールのリーダーの座まで奪ってしまう。僕は一番の親友にそんなことをしてしまった人間なんです…。P・Jは…たぶん…それが僕の仕業《しわざ》だって、気づいていたと思います…僕以外、彼のロッカーの番号を知っている人間はいないからです…。でも…P・Jは僕には何も言いませんでした…)」

ジョゼフは顔面蒼白《そうはく》で震えながら、しかし必死に真実を告げていた。

「(そ…それは…すべて本当のことか…ジョゼフ? 君は今、自分が覚醒剤をやっていると認めているんだぞ)」

校長先生は信じられないという声でそう言った。

「(はい。今…僕が言ったことは…すべて…真実です…。秀麗のみなさん、ごめんなさい。今年のリーダーはとんでもない人間でした…。そして、グレイス校のみなさん、ごめんなさい。僕はみんなの大好きだったＰ・Ｊに酷《ひど》い罪をなすりつけてしまいました…。ですから校長、この九月からＰ・Ｊをグレイス校に戻して下さい。退《や》めるべきは、この僕でした。僕は人間として、許されざることをしてしまったんです)」

とうとうジョゼフは全てを話してしまった。これから彼は一体どうなってしまうのだろう。

俺たち四人は、ただ立ち竦むしかできなかった。

「(秀麗のみなさん…せっかくのパーティーなのに…お見苦しいところを見せて、本当に申し訳ない…。でも、この責任は私にもあります…。私はよく調べもしないで、罪もない生徒を退学にしてしまったからです…)」

校長にはもういつもの元気はまったくなく、ただ重々しい声でそう言った。

「(残念なことながら、現在、麻薬や覚醒剤はアメリカの至るところに蔓延《まんえん》しております。それに加え、高校生の銃の所持も増加の傾向を辿っております。今年に入って、とあるアメリカの高校で、覚醒剤汚染が広まり、それが銃の乱射事件へと発展し、多くの生徒が亡くなった悲惨な出来事がありました。私はその事件を機に、自分のところの生徒は自分がしっかり管理しなければならないと、厳しくロッカー検査を行ったのです。そしてまさかと思ったパトリックのロッカーから覚醒剤の袋が三つも四つも出てきて…私も気が動転していたのでしょう…。彼がそれらを自分のものではない、と必死に主張したのにも拘らず、私は彼を即刻退学にしてしまいました…)」

校長は素直にその軽率な行動を謝罪する。

「(ひでえじゃねえかよ校長、じゃあP・Jは無実だったって言うのかっ!)」

「(お前ら特権階級にあるものは、いつだってそうやって平気で弱者を踏みつけていくんだっ! こんなことが許されると思ってるのかよっ!)」

「(ジョゼフ、お前、最低だなっ、恥ずかしくないのかっ?)」

「(校長っ、すぐに俺らのP・Jをグレイス校に連れ戻してくれっ!)」

グレイス校の生徒の怒りが一気に爆発してしまった。もうお別れ会どころじゃない。

そんな中、突然一人の生徒——ジェフリーという白人の少年——が、思い余って、近くにあったバナナ・パイを丸ごと投げていた。それがなんとジョゼフに命中してしまう。

ジョゼフの制服はクリームで真っ白になる。しかしジョゼフは投げられたパイを躱《かわ》そうともしなかった。すべての罰を受ける覚悟ができていた。

「(おい、もうやめろっ! 何してるんだっ! もういいだろっ?)」

俺は堪らず、ジョゼフを庇《かば》いに走っていた。

「(君たちだって、同罪かもしれない。だって、P・Jが罪を着せられた時、その無実を信じているのなら、みんなで校長に抗議すればよかったじゃないか。でも、誰も何も言わないで、P・Jがグレイス校を去ってゆくのをただ見ていただけだろ?)」

俺がそう怒鳴ると、辺りは一瞬にして静まり返ってしまった。

「(ジョゼフだって…罪の意識に苛《さいな》まれて…とうとうこんな場所で告白することになったんだ。彼が背負っている家のことを考えると、この事実がどんなに大変なことかわかるだろ？彼にはもうすべての罪を償う覚悟はできている。心から罪を悔いて、謝罪している人間を責めることができる人間などどこの世にはいないはずだ。それがキリストの教えじゃなかったのか？)」

「(いいんだよ、リョウ…みんなが怒るのも当然なんだ…。僕は…本当に取り返しのつかないことをしてしまったんだよ…これは許されないことなんだ…)」

「(何言ってるんだよ。君はこんなにきちんと謝ったじゃないか。校長先生だって、きっとP・Jをグレイス校に戻してくれるよ)」

俺は校長にそう頼んだ。

「(もちろんだ…ジョゼフの言っていることが本当ならば…すぐにでもP・Jに戻って来てもらいたい…。そして私は心から彼に謝りたい…。教育者として本当に軽率だった…)」

しかしグレイス校の生徒たちは、当然まだ納得がいかない。校長とジョゼフに怒りと不信の目を向けている。

その時——人垣をかき分けて、校長の前に出て来たのは、ジョゼフの友達、サミュエル・エバンスだった。

「(校長、学校っていうのは、生徒を育てるところですよね——)」

彼はいつになく厳しい表情でそう言った。

「(問題のある生徒こそ、学校が力を入れて、育てていかなければならないと思います。問題児は切り捨てていく、では、何の解決にもならないんです。どうか、ジョゼフを退学にしないで下さいっ)」

あのサミュエルが頭を下げて校長に頼んでいた。そしてすぐ彼はこう続けた。

「(なあティモシー、去年の学園祭のビラを深夜までかかって作ってくれたのは、誰だったっけ？　カーティス、隣町の女子校とダンス・パーティーを開けるようになったのは、誰が奔走してくれたからだ？　ビルにジョージにアンドリュー、ジョゼフとチームを組んでやった放課後のバスケは最高に楽しかったよな？　ロベルト、去年のキャンプで、お前、崖《がけ》から滑り落ちて足を骨折して、麓《ふもと》まで背負ってくれたのは、誰だった？　ヒース、お前、奨学生でよく働くけど、時々、ジョゼフにシーツの洗濯、手伝ってもらってたよな。チャン、お前の車が、買い物の帰り、ガス欠でエンストした時、文句も言わずガソリン・スタンドまで押してくれたのは誰だった？　そう言えばエディー、お前何かっていうと、いつもダウン・タウンに行く時、よくジョゼフに車で送り迎えしてもらってたよな。そうだアントン、お前、眼鏡《めがね》を割って、黒板の字が読めなくなって、次の眼鏡ができるまで、ずっとジョゼフにノート写させてもらってなかったか？　サンダー先生、ハミルトン先生、ジョゼフはよく先生たちの仕事を手伝ってくれましたよね。授業の資料作りや、図書館の本の整理や…。そうだリスゴー先生、先生にパソコンの使い方を教えたのは、ジョゼフじゃなかったですか？）」

サミュエルが目を真っ赤にして、ぽとぽと涙を零し反論すると、再び広間に静寂が戻る。

「（もういいよ…ごめんね…サミュエル…。僕はもう…この学園にはいられないから…もう…いいんだ…。みなさん、本当にごめんなさい。せっかくの最後のパーティーだったのに…すっかり台なしにしてしまって…。許して下さいっ）」

ジョゼフが言葉を震わせながら、深く頭を下げる。

その時、みんなの前に躍《おど》り出たのは悠里だった。

「（そんなことないよ、ジョゼフっ。この偉大な国の人は、そんな肝《きも》っ玉《たま》の小さい人間チガウネ。罪を憎んで人を憎まずだよ。そんなことより僕、この夏すごく楽しかったよ。特にヨセミテ渓谷行った時——。僕たちはしゃぎ過ぎちゃって、森の中さまよって、迷子になりかけたけど、ジョゼフ、血眼《ちまなこ》になって、探しに来てくれたネ。あれは本物のリーダーの顔だったよ。僕らのこと、心から心配してくれた。そのくらい僕らだってわかるよ）」

悠里が言うと、ジョゼフがとうとうわっと泣き崩《くず》れる。

「（私もですよ。これ以上ない楽しい夏でした。私は友好大使という任務を背負っていて、わからないことだらけで戸惑うことが多かったのですが、そんな時いつもあなたが現れて、何でも手取り足取り教えて下さったこと、感謝してます。あなたがいてくれたからこそ、秀麗のみんなだって安心して過ごせたんです。あなたは素晴らしいリーダーでした）」

花月はこの三週間を懐かしみ、振り返るようにそう言った。

「(ジョゼフ…ごめん…、俺、さっきはどうかしてたっ…。だって俺、この数カ月ずっと…P・Jのことが納得できなくて…どうしてもよくわからなくて…悔しくてっ…。さっきはついカッとなってしまって…。でもごめん、俺にジョゼフを責める権利なんてないよなっ)」

先程パイを投げつけたジェフリーが、今度は自分の顔に思い切りパイをぶつけていた。

一瞬辺りは騒然とするが、それは徐々に大きな笑いの渦《うず》へと変わってゆく。

誰もがジョゼフを許した瞬間だ。人が人を罰《ばっ》するなんて、やはりできないんだ。

「(さあ、みなさん、色々あったとは思いますが乾杯しませんか！　だって私たち秀麗の生徒は、本当に楽しい夏を過ごさせて頂いたんです。さ、みんなグラスを持って！)」

すかさず黒田先生がマイクを使って大声で言った。

広間のみんなはようやく笑顔になって飲み物を手にすると、すぐにグラスを高く掲げた。

サマー・スクールに乾杯…グレイス校に乾杯…秀麗学院に乾杯…。

静かにパーティーの夜は更けて行った——。

＊

翌日——サン・フランシスコ国際空港にて。

俺たち四人は、出国ゲートの前のベンチでぼーっとしていた。

旅が終わる寂しさと、色々な問題を残してきたことが心に残って、元気がでない。

他の生徒たちは、免税店で最後の買い物に燃えている。

現在、午前十時三十分。あと十五分もしたら、秀麗の全生徒は出国ゲートをくぐらないといけない。もう本当にサン・フランシスコとはお別れだ。

「ジョゼフはどうなるんでしょうね。それが気掛かりで気掛かりで…しようがありません」

花月はため息をついた。

「俺は…グレイス校の生徒を信じてる…彼らきっとジョゼフのことを守ってくれると思う」

これは俺の願いでもあった。

「おや、不破たちは最後の買い物をしなくていいのか？　ギラデリ・スクエアのチョコレートとか、あと、ほら、あの酸味がきいてておいしいサワードゥ・ブレッドとかも売ってるぞ。もう日本に帰ると食べられないんだからな…わかってるか？」

黒田先生がやって来て、俺らを元気づけようとして、わざと明るく話してくれる。

しかしこの先生にはまたまた今回、本当に迷惑かけてしまった。

「色々あったけど、いい夏休みだったよなあ…」

先生の優しい声に、俺ら四人は小さく頷くだけだ。

何かしゃべると、また胸に色々と切ない想いが込み上げてしまう。

と、その時だった――。

「(おーい、リョウ、ナチ、ユーリ、ヨウ!)」

聞き覚えのある声が、エアライン・チェックイン・カウンターの方角から聞こえてきた。

「P・Jっ――!」

俺ら四人は一斉にベンチから立ち上がり、走りだしていた。

松葉杖《まつばづえ》をついたP・Jが、ジョゼフに支えられながら空港に現れたのだ。

P・Jは俺らの顔を見るなり、顔をくしゃくしゃにして涙を零し始めた。

「(みんな…ありがと…さっき…校長先生が病院にやって来て…悪かったって…僕に…九月からグレイス校に戻って来て欲しいって…そう言ってくれて…)」

「(そう…よかったなP・J…ホントよかった…そうだ、脚、もう大丈夫なのか?)」

「(大丈夫だよ、リョウ、心配かけたね…あの夜、僕の代わりに運転してくれて、ありがとう。君は命の恩人だよ)」

「(何言ってるんだよ。俺らこそごめん。P・J一人に大怪我を負わせてしまって)」

P・Jは俺の言葉に首を横に振り続ける。

「(僕も…本当に…ごめん…。謝って済むことじゃないのはわかっているけど、君たちに本当に悪いことをしてしまった…。あんな危険な目に遭わせてしまって…ごめんなさいっ。ごめんなさいっ、ごめんなさいっ……)」

ジョゼフは謝りながら、また泣き崩れてしまう。

「(ジョゼフ、泣いたらダメのことあるヨ。もうすべて済んだことネ、最後は笑って僕らのこと見送ってネ…じゃないと僕らも…泣いちゃうヨ…。それ、困るのことネ…)」

一生懸命英語で慰《なぐさ》めながら、優しい悠里は自分が大泣きしていた。

「(それと昨夜、グレイス校のみんなが…ジョゼフを退学にしないよう校長先生に掛け合ってくれたんだ。みんなで話し合って、校長先生はジョゼフをどこにもやらないって決めたんだ。だからもうジョゼフのことは心配しないでいいよ。ジョゼフは僕らが守るから…)」

P・Jの言葉を聞いて、胸のつかえが下りるようだった。

それが俺たちが一番聞きたい答えだったからだ。

「(それと昨日は…こんな僕のこと…庇ってくれて…本当にどうもありがとう…。僕は本当に間違っていたよ。人間として最低だった。でももう金輪際《こんりんざい》、あんなことは二度としない。誓うよ。そしてこれからはどんなことがあっても、正々堂々と精一杯生きていくよ…)」

するとジョゼフの存在に気づいた秀麗の生徒たちが、一人、また一人と寄ってきた。

「(ジョゼフ、三週間、ありがとう！　僕ら毎日、夢みたいに楽しかったよ。仲良くしてくれて、嬉しかった！)」

「(ジョゼフ、キャンプの時、薪《まき》割り手伝ってくれて、ありがとう。今度は秀麗に遊びにおいでね。いつでも大歓迎だよ。また君に会いたいよ)」

「(ジョゼフ、こんな、英語ワカラナイ、ボクと話す、タイヘン思うケド、声、いつもカケルして、くれて、アナタありがと。想い出、タクサン、デキタ。この夏、忘れないヨ)」

次から次へと秀麗のみんながジョゼフに声をかけてゆく。

出国ゲートの前、とうとうジョゼフの涙が止まらなくなってしまった。

P・Jも…俺たちも…それは同じだった。

……いい夏休みでしたね…最高の夏でした……

……本当だな花月…俺またいつかみんなでアメリカに行きたいな……

……あっ、涼ちゃん、僕のことも忘れちゃヤだよ、

絶対一緒に連れてってね、迷惑かけないから……

……あっ、その時は、不破くん、僕にも声をかけてよ……

……もちろんだよ悠里…森下…あ、それより…花月…大丈夫か…もうすぐ離陸だぞ……

……え…ええ…大丈夫です…このくらいなんだっていうんです…子供じゃあるまいし……

……でも、なっちゃん、すでに冷や汗かいてるよ…大丈夫?……

……あっ！　不破くんっ、そんなことより今、浮いたよっ！　車輪が離れたっ！……

……森下、だめだよ、その『浮いた』とか『離れた』とかいう言葉は離陸時には禁句なんだ。

なるべく何事もなかったかのように、雲の上へと到達するのが花月にはベストなんだよ……

……あっ、そ、そうだったの…僕、気遣いのない奴でゴメンっ……

……ひゃ――――っ、そんなことより、涼ちゃん、なっちゃん、葉ちゃん、見て見てっ、真下にゴールデン・ゲート・ブリッジが見えるっ！……

……ホントだ…綺麗だな…夢みたいだ…最後に空からもう一度見せてもらえるなんて……

……おいっ、ほら、そこの四人っ、まだ立ち上がるんじゃないっ。お前たちシート・ベルトを外してるなっ！　ベルト着用のサインは消えてないぞっ。花月っ、先生はお前が乱気流に巻き込まれ、機内の天井に頭を打ったとしても、絶対、輸血の協力はしないからなっ。なあ、聞こえてるのかっ。そこの四人っ！……


それでも俺らはあの夢の吊り橋から、目を離すことができなかった。心を繋《つな》いで、夢を繋いで――人々の懸け橋となった黄金の入り口。抱え切れない想い出をもらって、俺たちはまた飛び立っていく。行く先はきっと希望の国だ。

国境なんてもうどこにもなかった。

完

あとがき

みなさん、こんにちは、七海《ななうみ》花音《かのん》です。お元気でしたか？

さて、今回の海外編はいかがでしたでしょうか。この海外編って書くのがホントに大変なんです。以前にも私は、聖ミラン学園物語⑤の『僕らのジュリエット海峡』でイギリス南東部の名門校のお話を書き、最近では秀麗⑨の『倫敦《ロンドン》少年《ボーイズ》街《タウン》』でロンドンの街《まち》を書きましたが、どちらも膨大な時間がかかりました。それとかなりの資料も必要で、仕事場が本やらガイドブックやら写真などで、ぐちゃぐちゃになる…（これは精神衛生上よくない）。

今回のアメリカ編もそうでした。サン・フランシスコは私が高校時代を過ごした町なので、そんなに難しくないかなーと高をくくってましたが、甘かったね～。知ってるだけに手抜きができなくて、かなり神経を遣《つか》いました（と、いうといつも神経を遣ってないようですが、そんなことはありません。念のため…自己弁護に入る）。

さて何が一番大変だったかというと、涼たちは、三週間もアメリカにステイするわけなので、あっちにもこっちにも行かなきゃいけないし、それをどう一冊の本に纏《まと》めるか、苦悶《くもん》しました。実際、上下二巻に分けて書きたかったほどです。まあ、とにかく出来上がって、今は、ほっとしているところです。楽しんで頂ければ幸いです。

話は変わりますが、去年でしたか、私は北米のとある中堅都市――よく日本の高校生が修学旅行に行く街――に取材がてら旅行に行きましたが、その時、本当に運良く、日本の高校生の団体にどかーんと遭遇《そうぐう》しました。滞在先のホテルに栃木県の私立男子高校の生徒たちが、わっといたのです。彼らはめちゃめちゃハイ・テンションでしたね。どのコも楽しそうで、元気よくって、でもお行儀はよくて、明るかった。ホテルの売店などで会うと、私が日本人ということがわかっているので、すぐ声をかけてくる（日本で会っても絶対声なんてかけてくれないと思うけど）。そして、彼らはエンドレスに話し出す。例えば、自分たちは今日どこそこに行って来た、とか、どこの何が面白かったとか、色々…。たぶん楽しさが溢《あふ》れて、それを誰かに言わずにはいられない状況だったんでしょうね。スレてないというか、みんないいコたちでした。先生もいい先生で、生徒に交じって非常に楽しそうだった。涼たちが今回、妙《みょう》にハイ・テンションなのもこういうわけでした。先生にも取材がてらお話しさせて頂きましたが、その高校の修学旅行は海外と国内の二部に分かれているそうです。7対3くらいで、ほとんどが海外を選ぶそうです。そして、その帰りの飛行機で、また私は別の高校二団体と遭遇しました。ひとつは東京のとある女子校、もうひとつは男女共学の高校。色々とウォッチさせて頂き、かなり勉強になった私です。

さて、おおや和美《かずみ》先生、今回もお忙しい中、素晴らしいイラストの数々、ありがとうございました。別冊少女コミックで大人気連載中の『夢Chu↑《ドリーム・キッス》』には、カッコいい美少年がザクザクで、超面白いストーリー展開、毎月、楽しみに読ませて頂いております！

そして米満《よねみつ》編集長、いつも自由気ままに書かせて頂き、すみません。さほどのストレスなく（でもちょっとはあるケド…はぁはぁ…）、私はこうして仕事を続けることができます。感謝です。今後ともよろしくお願いします。編集の白寄様、いつもお世話かけてます。ありがとうございます。校正の方、営業、書店さんにもいつも本当にありがとう、です！

さて、次はなんと、九月一日に新作を出します。やはり、たぶん、男子高校の美しい少年たちのお話でしょう。イラストはなんと、またまたおおや和美先生にお願いできることになりました。うっ…うっ…先生、すみませんっ…お忙しいって知ってるのに…（申し訳なくて号泣&嬉し泣き）。どうかみなさん、その九月の新作を秀麗シリーズと間違えないで下さいね。秀麗のコたちに対抗できる超絶美少年を書きます。どうぞお楽しみに〜。

あとそれと、ちょっとＣＭですが、四月一日に角川ティーンズルビー文庫（背表紙が赤の本です）から、櫻ノ園高校物語『四月、僕はライ麦畑で』という新作を出しました。イラストはなんと橘皆無《たちばなかいむ》先生です。こちらの男子高校のお話もよろしくね（きゃあー♡）。

それではますます暑くなりますが、よい夏をお過ごし下さい。私も頑張ります。最近、仕事場の近くに、アメリカ式巨大ショッピング・モールができ、驚いている七海花音でした。

「桑港《シスコ》少年休暇《ボーイズバケーション》」のご感想をお寄せください。

♡おたよりのあて先♡

七海花音先生は

〒101－8001　東京都千代田区一ツ橋二－三－一

小学館・パレット文庫　七海花音先生

おおや和美先生は

同じ住所で

おおや和美先生

七海花音
ななうみ・かのん

12月21日東京都渋谷区で生まれる。現在は東京郊外在住。血液型A型。三人姉妹の真ん中。幼い頃はニューヨークで過ごし、小・中学校は東京。高校はサンフランシスコのクリスチャン・スクールに通った。上智大学外国語学部卒。歌舞伎・日本舞踊・能・狂言などの古典芸能が大好き。着物も好き。特に大正ロマン風の小紋にはうっとり。赤ワイン・緑茶・チョコレート…気がつくとポリフェノール含有率の高い食べ物を好んでいる。しかしその反面、体脂肪と戦っている無情な日々でもある…。現在パレット文庫より、聖ミラン学園物語シリーズと秀麗学院高校物語シリーズをそれぞれ大好評発売中！

パレット文庫
桑港《シスコ》少年《ボーイズ》休暇《バケーション》　秀麗学院高校物語 14

2000年8月1日　第1刷発行

著者
七海花音
発行者
辻本吉昭
発行所
株式会社小学館
〒101-8001　東京都千代田区一ツ橋2-3-1
編集 03 (3230) 5455　販売 03 (3230) 5739
印刷所
凸版印刷株式会社

ISBN4-09-421174-8

第22回 パレットノベル大賞 入選者発表!!

今回もたくさんのご応募、ありがとうございました。応募総数414点の中から、佳作2点、努力賞2点が入賞しました。前回、前々回と入賞作品がなかったので、久しぶりに入賞者が出て、編集部一同、大変嬉しく思っています。

佳作の陣内さんは、新しい書き手の出現を予感させます。描きたいモノを持っているエネルギーに圧倒されました。「是非、次作を読みたい」と、審査委員全員をうならせた力のある書き手です。同じく佳作の高梁さんは、文章の軽妙さと登場人物のリアルな描き方に作家の資質を感じます。

入賞するということは、作家への第一歩です。そして、受賞後も書き続け、先達の作家にない自分だけの世界を構築する努力だけがプロになれる道です。4人の方々のこれからの作品に期待しています。頑張ってください。

佳作

正賞…賞状
副賞…50万円、記念品

「セブンティーンズ・コネクション」

愛知県 **高梁るいひ**さん（21歳）

プロフィール

商業高校卒業後社会人になるも脱線。ダンスの勉強を言い訳に自立し一人暮らしの余暇を利用しながら煩悩の赴くままに執筆活動をする。現在愛知県在住。会社員とスチールモデルの兼業農家のような生活をしている。

受賞の言葉―― 作品を読んでくれた今泉、カメラマンやSJモデルの皆、本当にありがとう。何かを表現する事の楽しさや難しさをこれからも分かち合えるといいね。

「月鏡の海」

東京都 **陣内よしゆき**さん（19歳）

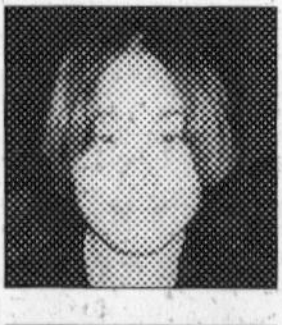

プロフィール

三月二十七日生まれ、東京在住。早稲田大学第二文学部在籍。心理学とは名ばかりの統計に苦しみ喘ぎつつ、インターネットにうつつを抜かす毎日。機械に嫌われるギボアイコ的体質が災いして初代パソコンを破壊。二代目にはビクビクしながら触れている。

受賞の言葉―― ステキな家族、友人達の助力あっての自分です。みんな本当にありがとう。拙い作品を評価して下さった審査員の諸先生方に、最大級のお礼を申し上げます。

努力賞

正賞…賞状
副賞…10万円

「ノイズの檻」 神奈川県 畑谷野々さん

「君と歩いた道」 千葉県 土屋優子さん

なお、大賞、期待賞の入選作品はありませんでした。

第一次審査通過作品

パレット特製テレカ

「麻生くんのこと」 千葉県/ゆつさん
「女神 ～君が居る世界～」 岐阜県/高嶺麻美さん
「故郷」 北海道/鎌田亜子さん
「クラッシュ・新撰組!」 東京都/金森由美子さん
「ツイてる男」 滋賀県/瀬川久子さん
「友矩クンとアタシ」 群馬県/桂川夏林さん
「JUST FIT」 大阪府/畑中 杏さん
「いみじく I LOVE YOU!」 山口県/斉藤 明さん
「ただその翼が欲しかった…」 岡山県/林 慧樹さん

審査員選評

喜多嶋隆先生

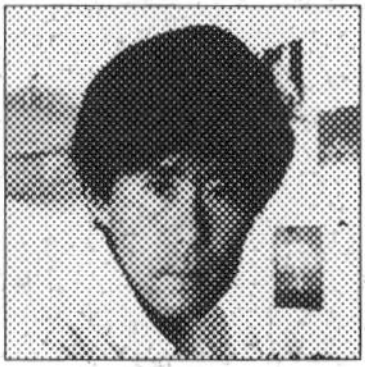

今回候補になった四作品はバラエティーにとんでいて、熱の入った選考会となった。中でも僕は、陣内さんの『月鏡の海』と、高梁さんの『セブンティーンズ・コネクション』を興味深く読んだ。選考の結果、二作が佳作受賞と決まった。陣内さんの作品には、ジュニア小説のわくをぶちこわすような独特のエネルギーがあった。高梁さんの作品は、ありがちな設定でありながら、登場人物が生きていた。C調な作品ではあるけれど、とにかく面白く読めた。他の二作品は、ジュニア小説というジャンルにこだわりすぎているように感じられ、オリジナリティーの不足が決定的だった。毎回言っているのだけれど、新人賞に求められるのは『誰かが書いたような作品』ではなく、『誰も書かなかった作品』なのだ。完成度など、あまり関係ない。僕らは、これまで見たこともないような『個性』と出会いたいのだ。プロのまねなんか絶対にしない、という決心で応募してきてください。あなたを待っています。

七海花音先生

今回の受賞者に共通することは、自分の世界を持っているという事です。心底書きたいテーマがあれば、少々荒削りな文であっても、それは確実に読者を魅きつけます。二年前、第十八回パレットノベル大賞で『審査員特別賞』を受賞された林慧樹さんの作品がそうでした。いじめをテーマにした話だったのですが、当時中三でありながら、必死に何かを訴えようとした彼女の力が審査員一同を唸らせたのです。今回テーマもスタイルもまったく違いますが、陣内さんにもそれに似たものを感じました。『月鏡の海』は今までのパレットにはあまりない時代物、あるいは児童文学的な作品でしたが、そこには作者の息吹が溢れていました。自分はこの世界が好きで書きたいんだ、という祈りにも似た必死の熱意が伝わってくるのです。これが一番大切なことですね。高梁さんは少年漫画によくありがちなモデルの世界を書かれましたが、それが妙にリアリティーがあって面白かった。やはり興味のある分野で勝負するのが入賞のポイントでしょう。

若林真紀先生

今回、わたしたち審査員の手元に届いた原稿は四作品。さすがに最終選考に残っただけあって、いずれも楽しく読ませていただきましたが、残念ながら「大賞、決定!」というわけにはいきませんでした。佳作の陣内さんの作品は、あふれんばかりの語彙力と毒気を感じるほどの文章力、そして期待を裏切らない展開で、若林個人としては満点をあげたいほど良く出来ていたと思います。次作に期待しています。もうひとり佳作の高梁さんの作品は、読み手を飽きさせない軽妙なタッチで描かれた登場人物たちに魅力を感じました。努力賞の土屋さんの作品は、一生懸命さが滲み出ていて良かったです。畑谷さんの作品は、訴えたかったテーマと本当に書きたかったことが少しズレていたようで残念でした。

既に応募してくださったみなさん、これから応募しようとしているみなさん、みんなみんな、いつかきっと開花して旅立ってくれることを祈ってます。がんばってくださいね。

次回のパレットノベル大賞の締切は12月末日です。作家を目指す皆さん、頑張って下さいね!!